牧子、還暦過ぎて
チューボーに入る

内館牧子

潮文庫

『牧子、還暦過ぎてチューボーに入る』目次

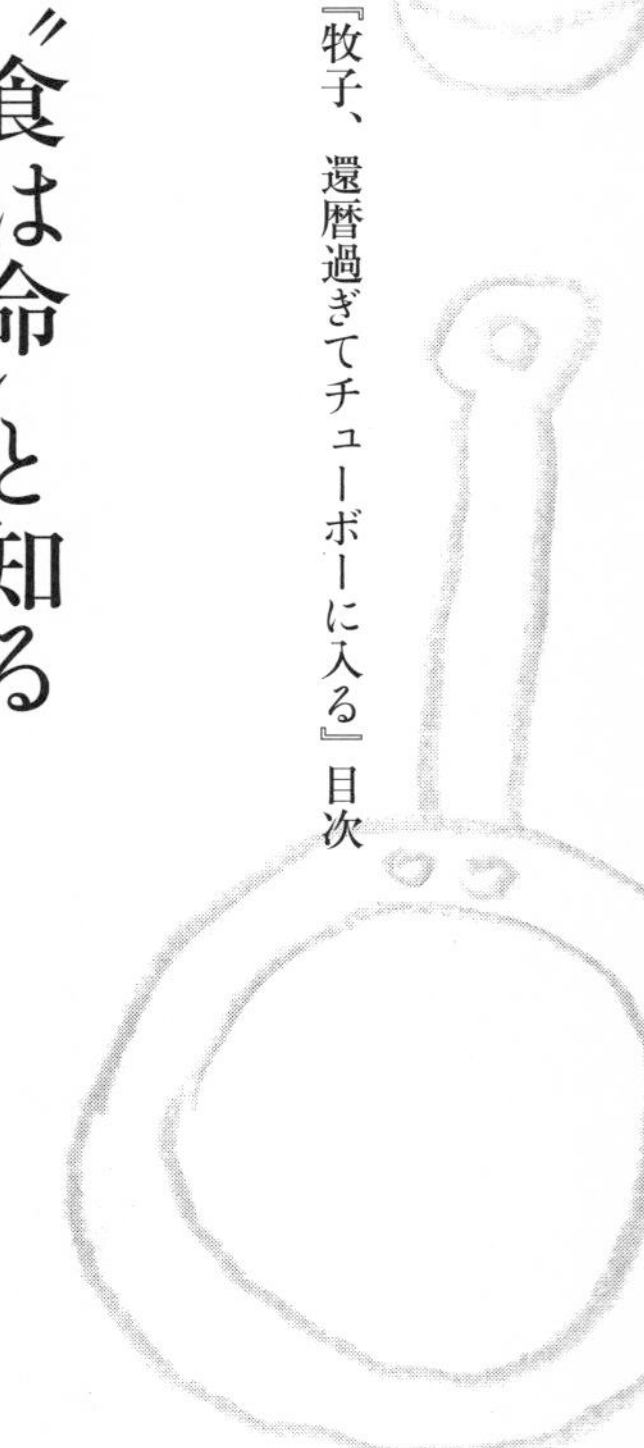

第一章

〝食は命〟と知る

第二章

一回でも多く、楽しく食べたい

第三章

おいしさを増幅する〝懐かしさ〟

第四章

料理嫌いの〝おすすめレシピ〟

第五章

〝元気で長生き〟のために、何食べる？

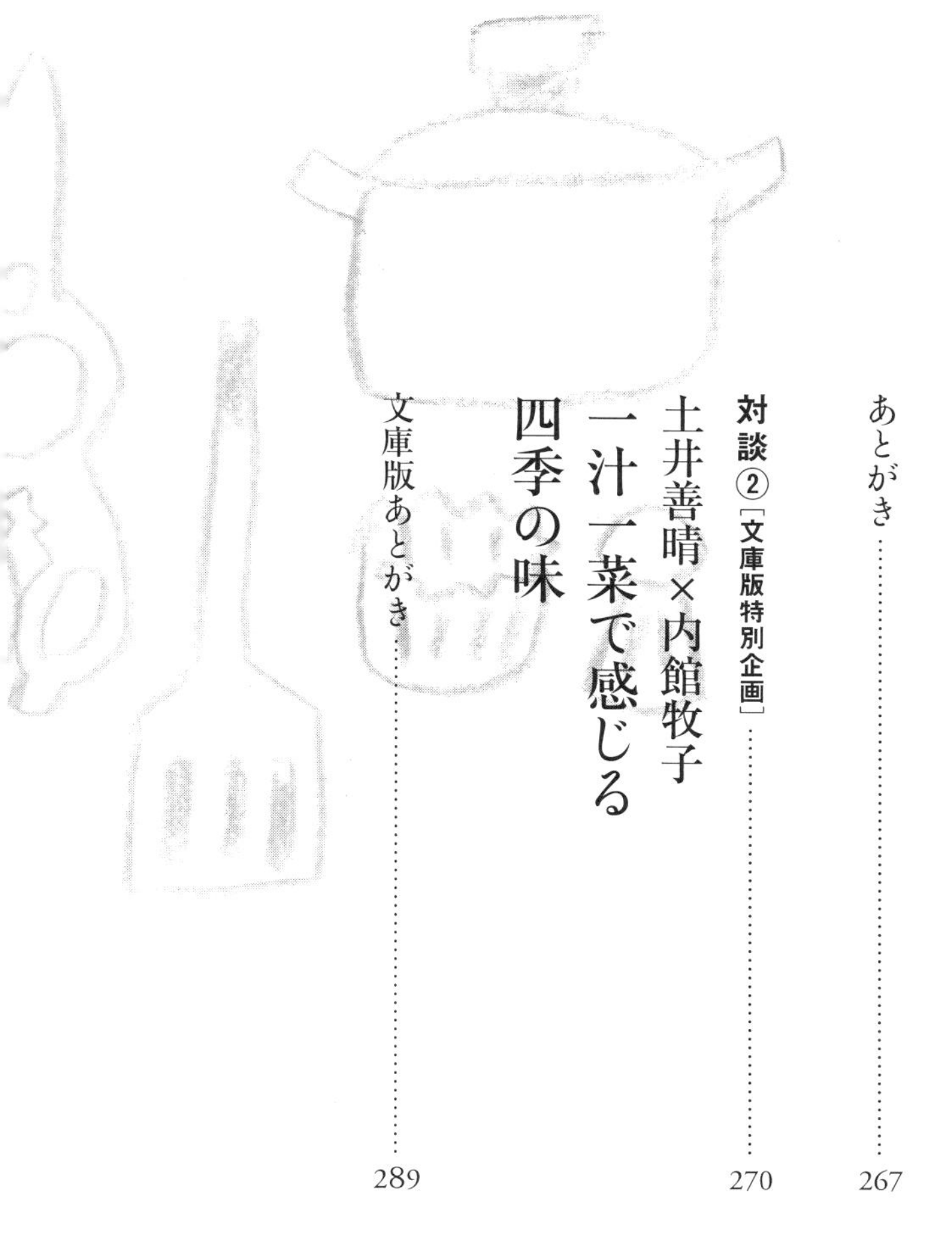

装丁・本文デザイン
金田一亜弥
装画・イラスト
橋本シャーン
編集協力
水野拓央
パラレルヴィジョン

第一章

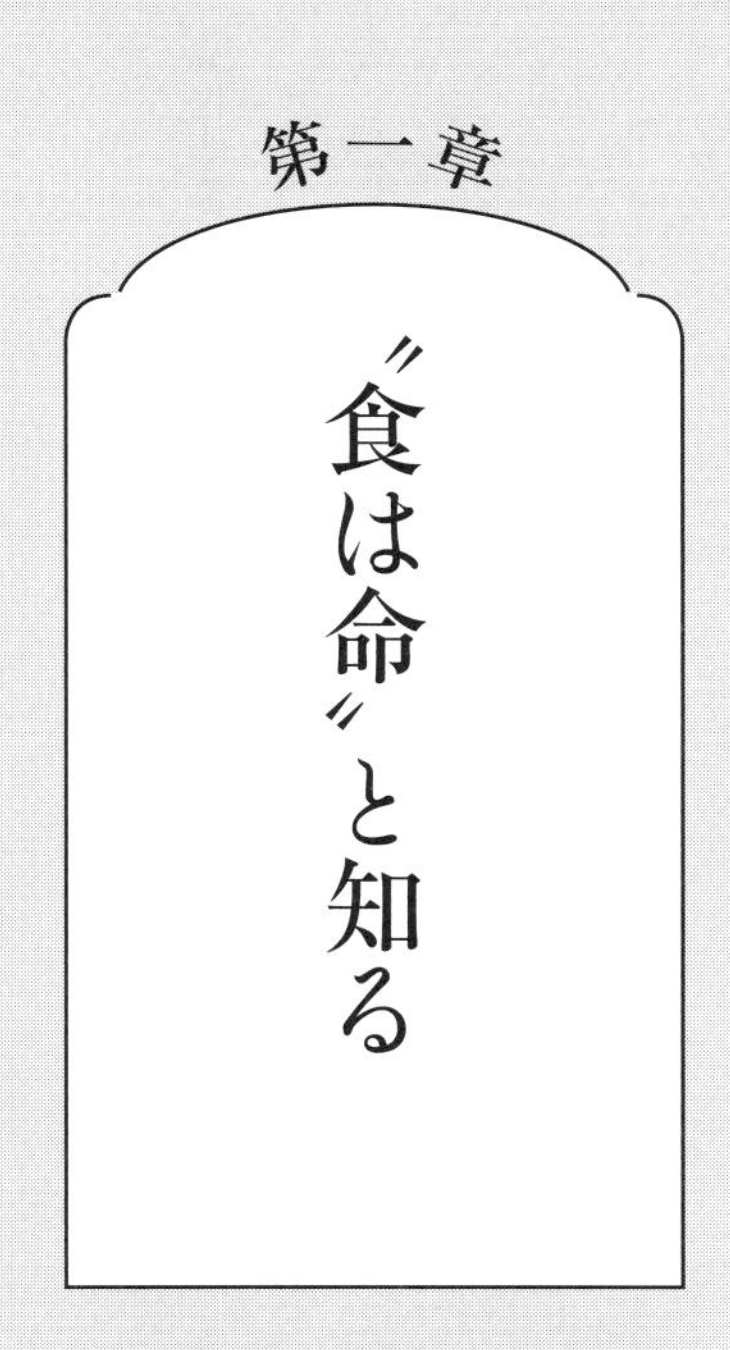

〝食は命〟と知る

「一本の点滴より一口のスプーン」

私は「臨死体験」をしている。

二〇〇八年暮れ、雪が降りしきる岩手県盛岡市で、急性の動脈疾患と心臓病に襲われた時のことだ。搬送された岩手医科大学附属病院で十三時間近くに及ぶ緊急手術を終えて、意識不明が二週間続いた。死ぬのが普通という重篤な状況だった。

私は夢を見ていた。

おそらく九割がたはあの世に行っているはずなのに、夢は明確に覚えている。その世界を研究している女友達は、私の話を聞くや、

「臨死体験だわね」

と断じた。

臨死体験でよく言われるのは、川があって花畑があって、亡くなった祖父母などが

「おいでおいで」と手招きしているというものだ。向こうに行けば死に、誰かの声で呼び戻されて行かなければ生還するという。

私が「臨死体験をした」と言うと、友人たちのほぼ全員が「花畑あった？」「おいでおいでって言われた？」と身を乗り出す。だが、私の場合はまったく違った。

私はどこかビルの屋上にいた。そこには白い大きなオープンカーがあり、夜になったらみんなでこれに乗って、火祭りを空から見に行くのだ。車が空を飛ぶというのもおかしな話だが、夢の中ではそう思わなかった。

私が白い車の前に立っていると、運転手らしき人が、「火祭りは夜にならないとやらないんだから、夜においで」と言う。私は屋上からどこかへと帰っていった。

夕暮れ時にまた行くと、また「まだ出ないよ」と言われ、帰る。暗くなったのでまた行くと、「まだ早いよ」と言われる。

私は火祭りが楽しみで楽しみで、こうして何回か屋上に行っては帰された。

いよいよ真っ暗になり、さすがにもう出発するだろう。私はイソイソと屋上に駆けていった。

ところが、白い車がない。さっきまであったのにだ。

すると、見知らぬ人が「車なら、ついさっき出ちゃったよ」と言った。私はタッチの差で乗りそこなったのである。

前述の女友達はもとより、多くの人から、

「その車に乗っていたら死んでたね」

「あなたの病状が、死と薄紙一枚でくっついてたってこと、よくわかる」

と言われた。

雪が降る北国の夜道で、救急車に乗せられたところまでは覚えているが、あとは二週間というもの、本当に生死の薄紙一枚のところをさまよっていたらしい。二週間も昏々（こんこん）と眠り続けるだけの私に、家族をはじめ誰もが覚悟を決めていたという。

しかし、私は本当に奇蹟的に目をさましたのである。搬送された岩手医科大学附属病院で、日本でも屈指のカリスマ外科医・岡林均教授の緊急手術を受けられた幸運は大きい。とにかく、私は白い車に乗らずにこの世に戻ってきた。

とはいえ、戻ってからも非常に危険な状態が続いていた。全身の筋肉がすべて落ち、体はまばたき以外はピクリとも動かない。脳梗塞が起きる確率が非常に高く、体中にチューブや機械がついており、人工呼吸器が入っていて声はまったく出ない。何よりも自分の置かれている状況がわからず、一日中うつらうつら。あの世とこの世を往復していた。

当然ながら、食事はとれない。点滴である。水も厳しく制限され、口の中はいつも松ぼっくりを突っ込まれているように、カラカラ。あのつらさは経験したことがない。

こうして集中治療室で一か月半を迎えた頃、ドロドロの糊（のり）状のごはんや、すりつぶしたおかずが出されるようになった。

幸いなことにその時点まで脳梗塞は起こらず、少しずつチューブや機械も外されていた。自分の置かれている状況もわかり、やっとこの世とあの世を行き来する妄想もなくなった。

ああ、確かによくなっていると、糊状のごはんに喜んだ。

ところが食べられない。まずいからではない。飲み込めないのだ。

少しはよくなったとはいえ、歩くことはおろか立つこともできない。大きなクッションを三つくらい背もたれにしないと、座ることもできなかった。だからといって、まさか飲み込む力までないとは考えてもいなかった。

毎食の途中で横になって休み、二時間近くをかける。全身汗だくになって懸命に飲み込んで、子供用茶碗三分の一程度の糊状ごはんと、すりつぶしたおかずを半分くらい食べる。それがやっとであり、それだけで疲労困憊（こんぱい）する。どう考えても、口からとる栄養より消費する体力の方が大きい気がして、ある日、ついに担当医師に言った。

「これでは病気が治らないんじゃないでしょうか。点滴に戻していただけませんか」

若い医師は穏やかに、ハッキリと答えた。

「一本の点滴より一口のスプーンですよ」

強烈な一言だった。

それまでも私は多くの書籍やテレビ番組などで、口から食べることがどれほど人間の力になるかを読んだり、見たりしていた。だが、いざ自分のことになると思い出しさえしなかった。

その日以来、本気でこの病気を治すためには、絶対に口から食べるのだと覚悟を決めた。いつか自分の足で盛岡駅へと歩き、自分の足で新幹線に乗り、車中で駅弁を食べて東京に帰るのだ。ハッキリと決めた。

口から食べる効果はてきめんだった。体に力が入るのがわかる。歩行器を使って歩く訓練や、理学療法士の手を借りて立つ練習など、リハビリも進み始めた。

そして、糊状ごはん食を三週間近く続けたあたりだろうか、ついに普通食が許された。二か月余にわたる集中治療室を出て、一般病棟に移ったのである。

初めての普通食には、いちごとレタスのサラダがあった。こんなにおいしいものが世の中にあるのかと思った。塩分は厳しく制限されていたが、四分の一個の梅干を白いごはんにのせて食べる幸せは、これも今まで経験したことのないものだった。

死んで当然という状態から三か月余。臨死体験までした私が自分の足で新幹線に乗り、駅弁を食べ、東京に帰ってきた。

病気のことをこれほど詳しく書いたのは、以後、私の「食」に対する態度が一変したからである。逆に言えば、これほどの大病を経験しないと「食」がいかに重要かに気づかなかったということだ。

私はそれまで仕事中心の生活で、料理などしようとも思わなかった。大根を切っている暇があれば、何枚原稿が書けると考える。カップめんやジャンクフードはほとんど食べないが、とにかく仕事がらみの外食が多かった。彼らと深夜にお酒を飲みながらこってり系を食べるかと思えば、締め切りが続くと何食も抜いたりだ。

おいしいものを外で食べることは大好きだったが、「食」は私にとって自ら気を配るほど大きなものではなかったのだ。

間違っていた。大病で気づかされた。

あれから、私は家にいる限り三食作る。新聞や雑誌からレシピを切り抜き、種類別にスクラップ帳を作っている。「ごはん」「めん類・パスタ」「根菜」「葉もの」「肉」「魚」など九種類である。

料理は作り始めると面白くて、鰹節は使う直前に手で削り、しいたけは自分で干し、だしをひく。白米も土鍋と岩手の南部鉄器を使い分けて炊く。

何しろ六十歳を過ぎて初めて台所に立ったような私なので、自分で作ったというだけで感動している。自宅では一人で食べることも多いが、淋しいのわびしいのと思ったこともない。思うのは「私って何て料理がうまいんだ!」である。

周囲の友人たちは口々に言う。

「おめでたい人ね。こっちはもうさんざん家族のために料理を作って、やっと解放されたのよ。もう飽き飽きだわ。そこらにあるもの夫婦でつまめば十分よ。あとは楽しく外食」

そのたびに私は言い返す。

「今に倒れるよ。大病するよ。臨死体験して、白い車に乗っちゃうよ。絶対ホントよ」

還暦にしてやっと目ざめ、身にしみた私の「食」にまつわる変化を、笑ってお読みいただきたい。

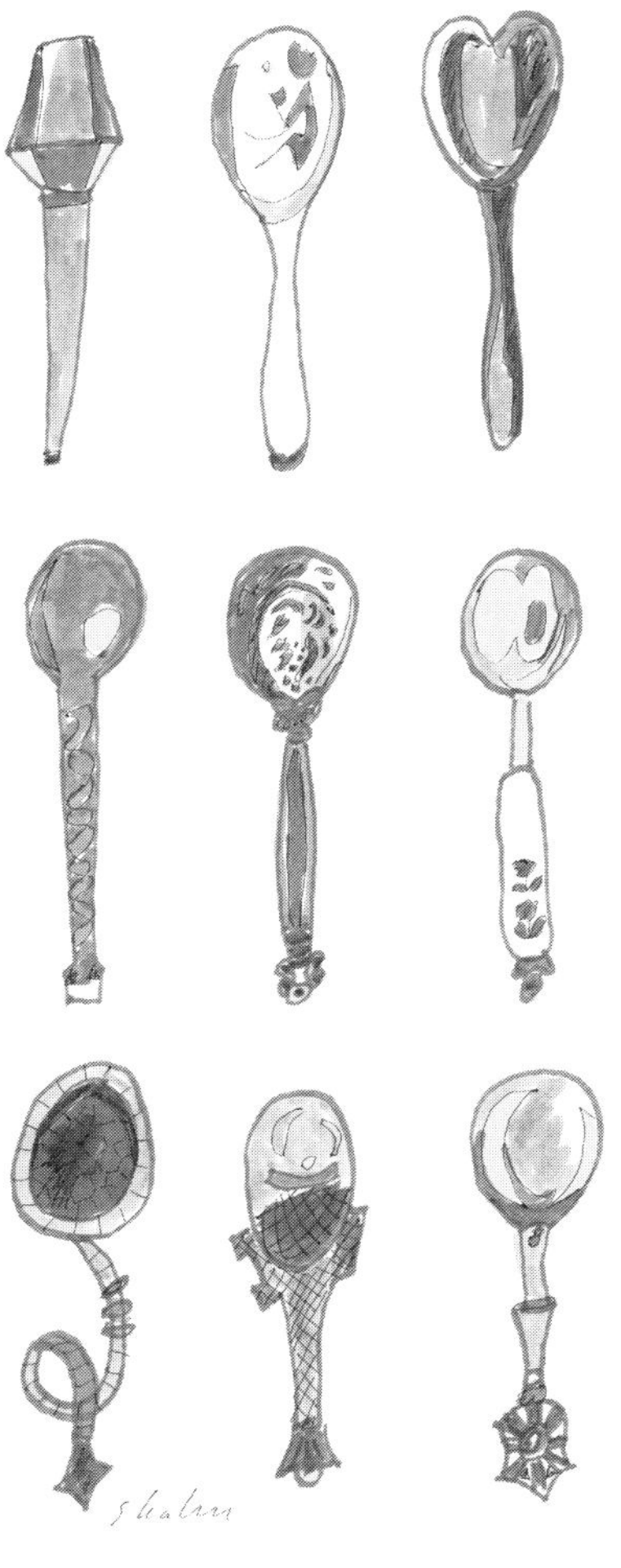

身にしみた「医食同源」

今から何年前のことだろうか。ある地方都市に住む女友達を訪ねると、

「ものすごくおいしい店に連れていくね。評判なんだから」

と胸を張り、案内してくれた。

これがおいしかったの何の！　どの料理も味がでしゃばっていないのに、素材のうま味が立っている。

しばらくすると、厨房（ちゅうぼう）からご主人らしき人が出てきた。挨拶をかわした後で、私が料理を絶賛すると、

「内館さんは私の料理、二度目ですよ」

とおっしゃる。そんなはずはない。初めて来た店なのだ。するとご主人は、

「私は東京に長くいた後、この街で独立したんです。内館さんは東京の店にいた頃、

ご友人といらしてますよ」

と、店の名を挙げた。すぐに思い出した。一回しか行ったことがなかったのだが、思い出すと同時につぶやいていた。

「東京のあの店、こんなにおいしかったかなァ……」

ご主人は苦笑気味に答えた。

「食材が違うんです。東京にいた時と同じ食材で同じに作っても、やはり違う」

「だけど、肉でも魚でも野菜でも果物でも、一番いいものは東京に運ばれるって言いますよね」

「ええ、よく言いますよね。でもそれ、東京の人が言うんですよ」

「あ……そうかも」

「確かに、高く売れるものは東京に行きます」

高値がつく条件には姿形も含まれるだろうし、必ずしも「おいしい」ばかりではあるまい。

「こっちに移り住んでよくわかりましたけど、やっぱり、一番おいしいところは産地にありますよ」

「でも、今は輸送技術がすばらしくよくなったでしょう。たとえば、地方から東京に送られる食材でも、九州から北海道に送られる食材でも、いい状態で届くんじゃないですか？」

「その通りです。産地との鮮度の差は本当に少なくなりました」

なのに、なぜ料理の味が違うのか。

「こういうこと言うと、ロマンチストだとか非科学的だとかって笑われるんでイヤなんですけど……」

と、しばし言いよどんだ後で、スパッと言い切った。

「輸送先と産地とでは、光が違う。水が違う。空気が違う。風が違うんです」

虚をつかれた。そうか……。

「肉でも魚でも、その地域で育った子をどんなにいい輸送技術で送っても、箱から出されるなり、違う光や空気にさらされるわけです」

妙に納得できた。輸送先の光や水が「悪い」ということではない。産地の光や水と「違う」ということなのだ。

ご主人は無意識に、食材を「子」と言っていたが、子にとって故郷の光や空気などは母なるものだ。いくら輸送技術がよくなっても、故郷の光や空気は運べない。

私はこの時、なるほどと思ったのだ。よく、生鮮食品を早く食べるように言われるが、それは、腐ったり、しおれたり、栄養価が落ちたりするせいであろう。だが、ご主人の言葉から、私は別の心優しい解釈を教わった。

つまり、輸送先の光や空気などにさらされる時間が長いほど、子はよさが失われ、元気がなくなる。だから早く食べてあげようね……ということだ。

こう思って以来、生鮮食品をたくさん買い置きしたり、残して捨てたりということが、可哀想でできなくなった。

あの夜、ご主人は厨房に戻りながら、言った。

「こっちで仕事をしていると、身にしみて感じますよ。『医食同源』だなって」

ご存じの通り、これは「病気の治療も毎日の食事も、生命を保つためであり、その本質は同じ」という考え方だ。その時点での私は、この言葉に何も感じていなかった。

それこそ突然「身にしみた」のは、何年か後に大病に襲われた時である。

前にも触れたが、急性の心臓疾患のため、旅先の岩手県盛岡市で倒れた。そして、「九死に一生」を得た。

そこには医師や多くの方々の力など数々の要因があるが、日々の入院生活の中で、間違いなく私に力を与えてくれたものが二つあった。

ひとつは、病院食である。

私が運ばれた岩手医科大学附属病院の食事は本当においしくて、いつも完食だった。完食すると心身に力がつき、ますます食べられる。すると、さらに力がつく。さらに食べられる。この好循環は、どれほど回復を早めてくれただろう。

もうひとつは、病室の窓から見える岩手山だった。

岩手山は石川啄木も宮沢賢治も愛した堂々たる山だ。私は少しだけ開くようになっている窓から外の空気を入れ、一日に幾度となく眺めた。刻々と色を変える空。それと共にある岩手山は、いくら見ても見飽きなかった。ただ、食事と違い、なぜ窓から見る山が私を元気にしてくれたのか、それだけはどうもわからなかった。

やがて、北国にも浅い春が来た三月三日のことだ。昼食にきれいな千代紙を貼った折詰め弁当が運ばれてきたのである。五角形だったか、菱形だったかのそれを開け、本当に「ワァ！」と声をあげた。

雛祭り弁当だった。愛らしい手まり寿司、菜の花のお浸し、玉子焼などが春らしくきれいに入っていて、デザートの小さな雛菓子もあった。デパ地下の有名店で売っているような、とても「病院食」という名は似合わないお弁当だった。桃の花をかたどった麩(ふ)や菜の花が浮かぶすまし汁もついている。

後日、私は栄養士に聞いた。

「いつも食事がおいしくて、元気がつくの。私、今頃になって『医食同源』という言葉を思い出すんだけど、どういうことに注意して、毎日のメニューを決めているの？　塩分やら糖分やら色んな制限をされている患者も多いでしょう」

「今、全国どこの病院食もおいしいですよ。患者さんにおいしく食べてもらうことが、私たちの仕事ですから。それで回復が早くなったと聞くと、本当に嬉しい。栄養バランスを考えるだけで、特別なことはやっていませんよ」

そう謙遜する彼女だったが、医食同源のポイントとして私が感じたのは、

「できるだけ、季節の地元産食材を使う」

「季節の料理を出す」

「行事食を楽しみ、食欲を増進させる」

という三点である。

地元産の食材に力があるのは、前述した店のご主人の言葉と重なる。ただ、その栄養士が言うには、

「現実には、すべて地元産というわけにはいきません。でも、たとえば、お米は岩手のひとめぼれ一〇〇パーセントです。岩手は肉、魚、それにきのこなどが豊富ですから、栄養価の高い旬のものを使い、季節の料理を出すことは心がけています」

春が来たなら三陸の早採りワカメのサラダや炊き込みごはん、秋になったら地元のきのこや里芋をふんだんに使った「芋の子汁」等々だ。

昨今は、野菜も果物も一年中出回っていることが多いが、土地の人は「旬のものに一番力がある」という基本を大切にしていることがよくわかる。

さらに、栄養士は言っている。

「感激してくださった雛祭り弁当ですけど、ああいった行事食は、全国の病院が色々と工夫して、どこでも出しています。当院の場合は、クリスマスには骨つきチキンとか、お正月にはおせちとか。目先が変わって華やかなせいか、皆さんきれいに食べてくださいます」

つい先日、雑誌の新聞広告で「そこまで気を遣うか！　日本の病院食」というコピー

を見たが、私たちが病院食と地方の店から学ぶことは多い。

私は退院後、「旬の食材」「季節の料理」「行事食」の三点をできるだけ守っている。これが「医食同源」につながると思うからである。

そしてそんな中で、ふと気づいた。私がなぜ岩手山に力をもらったか。賢治の『注文の多い料理店』序にあったのだ。

「（わたしたちは）きれいにすきとほつた風をたべ、桃いろのうつくしい朝の日光をのむことができます」

細く開く窓から、岩手山麓で生まれた「すきとほつた風」や、「桃いろの朝の日光」が入ってきており、私は毎日、旬のそれを食べ、飲んでいたのだ。

食材が、違う地域の風や日光に多くさらされないうちにと、私は今日も厨房に入る。

今、改めて「食べることは生きること」

ある日、急に不整脈が出て、徹底的に検査と治療をすることになった。東京で長めの入院である。

入院して困ったのが、嚥下食(えんげしょく)だった。三食すべて、主食もおかずもすりつぶしてペースト状になったものが出される。

高齢者や病気によっては、飲み込む力が弱くなっているため、形のある食べ物は危険なのだ。のどにつかえたり、誤嚥性肺炎を引き起こしたりして、死に至ることもあるという。

私の場合、自分では気づかなかったが、かなり心臓がへたっていたらしい。八年前に心臓の手術をしているのだから、いたわればいいものを、ケロリと忘れて好きなように暮らしてきた。へたって当然のバチ当たりだ。

入院から二週間ほどは点滴で栄養を取っており、体力も極端に落ちているのがわかる。嚥下食から入るのはもっともだ。

ところが、これが食べられない。八年前の入院時も食べていたはずだ。しかし、その後の「娑婆暮らし」でおいしい普通食に慣れ、とても食欲が出ない。

私は入院中のメニューを全部いただいて帰ったのだが、ある朝食の嚥下食は、

「全粥ペースト　のり佃煮　鮭あんかけ　グリーンピース豆乳寄せ　洋梨缶」

と並ぶ。また、ある夕食は次のよう。

「全粥ペースト　梅びしおパック　舌平目トマト煮　キャベツ浸し」

あたたかい状態で運ばれてきて、いい匂いがする。なのに、どれもこれもすりつぶしてあるのだ。なめるととてもおいしい。だが、主菜も副菜も本当にスプーン一杯でギブアップ。どうして食べられないのかと考えていた時、以前に新聞で読んだ記事を思い出した。

どこだったかの特別養護老人ホームで、認知症が進んだ老婦人に、嚥下食を出していた。飲み下す力が失せていたのだという。ところが、彼女は頑なに食べようとしない。職員は何とか食べさせたいとなだめすかしたり、励ましたりするのだが口を開か

ない。やがて、職員の一人が気づいた。

「もしかしたら、すりつぶして元の形をとどめていない嚥下食を、食べ物とは思っていないのではないか……。何かおかしなものを口に入れられると思って、頑固に口を閉じているのでは……。認知症ならありえることだ」

そこで、思い切ってすりつぶしをやめ、食材の元の形がわかるようにして出してみた。口に運ぶ時は、それを箸やスプーンで小さく細かくする。すると、一度は形を見たせいか、老婦人は安心して口を開けるようになったという。そればかりか、やがて自力歩行も可能になったという記事だった。

私自身に当てはまるような気がした。いくら味がよくても何もかもドロドロで、形がないから食べる気になれないのだ。

幸運なことに検査の結果がよかったため、嚥下食は三日ほどで五分粥になった。おかずは粗くつぶしたもので、三食とも半分は食べられた。その結果、翌日から軟ごはんになり、おかずはほぼ形をとどめている。三分の二近くいけた。

すると二日後、栄養士が来て、私の嚥下力を細かくチェックした。普通食に進んでいいか否かの見極めである。そしてめでたく普通食が許された。

以後、私は毎日の三食を完食に次ぐ完食。退院後の定期検診で、医師に言われた。

「想像を超えた回復の速さ、体力の挽回に驚きました」

実は私も驚いていた。「形のある食べ物」を目の前に出される大切さ、そして「形のある食べ物」を食べる大切さに、初めて気づかされたのだ。

素人判断では危険だが、嚥下食を食べない人が周囲にいたら、医師に相談の上で少し形を残す調理を考える手もあるのではないか。

こうして元気に退院したものの、やはり病院と「娑婆」は違う。病院では動く範囲も狭いし、いつも誰かに手を借りられる。疲れたらいつでも横になれる。

いざ日常生活に戻ってみると、私の体力では通用しない。ずっと起きた状態で家事をやり、入院中にたまった雑務を片づけ、チャイムが鳴れば玄関に走る。電話は来るし、ちょっと外に出れば人々はぶつかりそうな速足で行きかう。

情けない話だが、わずか二日でくたびれ切ってしまった。その上、猛暑だ。何かする気力も体力もなく、形のある食べ物をそろえても食欲が湧かない。少し動くと横になる。

そんなある夕方、同じマンションに住むみどりさんが、野菜スープを届けてくれた。彼女は私がヨタヨタと新聞を取りに行く姿でも見ていたに違いない。みどりさんは言った。

「これ、野菜と干ししいたけとベーコン、それに少量の塩だけのおだしなの。スープの素とか一切入ってないから、安心して食べてみて。ばぁばの直伝の野菜スープよ。目に見えて力がつくわよ」

彼女は長いこと、鈴木登紀子（ときこ）ばぁばから料理を習っている。

そして、私はまたも驚くべきことに遭遇したのである。この「ばぁばの野菜スープ」で、本当にこのスープだけで、目に見えて気力と体力が戻ったのだ。信じてもらえまいが本当である。あまりのおいしさに、みどりさんにしつこいほど問いただしたが、「野菜、干ししいたけ、ベーコン、塩」以外は何も入っていないと繰り返す。

これは友人たちにも伝えないといけない。私は彼女にレシピが欲しいとお願いした。すると間もなく、ばぁば御本人から達筆な手書きのレシピが届いたではないか。思いもせぬことに恐縮したが、ばぁばも母上からの直伝だそうで、次のようにあった。

「母のお千代さんはソップと云っておりました。今思えばスープのことですね。御病人さんにお届けしておりました」

体調のいい人もよくない人も、だまされたと思って作ってみてほしい。すごいスープである。

〈**ばぁばの野菜スープ**〉

・用意するもの（1人分）

じゃがいも1個、にんじん10センチ、干し椎茸4枚、玉ねぎ大½個、水3～4カップ、塩少々（ベーコンについては後述）

・作り方

❶じゃがいもを洗って皮をむき、芽を取り除き、賽（さい）の目に切る。すぐ水に放し、ざるにあげる。

❷にんじんも同じように切り、水に放してざるにあげる。

❸干しいたけはざぶざぶ洗って、前もって水で戻しておく。石づきを取り、薄切りにする。

❹玉ねぎは皮をむいて縦に二つに切り、丸みを上に置いて薄切りにする。

厚手の鍋に①～④を入れ、水を加えて強火にかける。煮立ちを待って弱火に直し、ホタ〳〵と30分ほど煮て、塩少々を加えて火を止める。

私はこの「ホタ〳〵」という表現にばぁばを感じ、嬉しくなった。ばぁばはさらに、次のように書き添えている。

「セロリも仲々よろしいものです。少し元気になったらベーコン、牛肉など動物性のものもよろしいです。その時は日本酒をお盃一杯ほど加えます。そして丁寧にアクをひきます」

私はベーコンとお酒を加え、このレシピの通りに作ってみた。ところが、途中で何回味みしても、だしが出ていない。

やはりコンソメの素を加えようかと思ったのだが、30分煮込んだあたりからスープに色がつき始めた。そして香りが立ち、まるでコンソメのような味になった。みどりさんの言う通り、何ら人工的なものを加えなくても、これほどまでに味が出る。これは驚きを通り越して衝撃だった。

私は以来、このスープを週に二回は作り、形のあるおかずと一緒に食べる。

ばぁばはレシピの最後に、次のように書いてくださった。

「食べることは生きること、生きるためには食べることが大切」

入院生活を経た今、台所をあずかる人というのは、命をあずかっているのだと実感させられている。

「外ごはん愛」の女たち

いつの時代も、年代を問わず、女性たちは「外食」が好きだ。最近は「家ごはん」や「家飲み」が見直されているが、やっぱり「外ごはん」はワクワクする。

それは料理をしなくていいからとか、洗い物をしなくていいからということもあるが、家庭の匂いがしない空間で、プロが作ったものを食べるトキメキだ。

「外ごはん愛」は年代を問わないとはいえ、年代によって反応が違うことに気づく。その反応の変遷こそが、女の人生の変遷を示しているのかもしれない。

私があるテレビドラマを準備している時、二十代前半の女性たち五、六人に取材をさせてもらった。学生もいればＯＬもいた。少し飲んだり食べたりしながらの方が話が弾むと思い、都内のイタリア料理店を予約しておいた。決して高級でもなく一流でもないが、おいしくて量があり、知る人ぞ知る店だった。

当日、集まった彼女たちの喜びようを今でも思い出す。

「何なの、これーッ。おいしすぎ！」

「こんなまったりしたワイン、普段は飲めないよ。嬉しい！」

等々、皿が運ばれてくるたびに歓声をあげ、頬張る。そして、一人が満面の笑みで言ったものだ。

「私ら、もっともっと安いとこしか行けないから、何か興奮します」

つくづく、ごちそうし甲斐のある年代だと思った。若くして破格のお金を手にし、身を持ち崩すニュースがよく報じられるが、二十代は彼女たちのような姿が正しい。

やがては、女性たちは妻になり、母になる年代に突入する。子供の教育費、親への仕送り、数々のローンなど、多額の出費が肩にかかる。夫婦共働きで頑張っても、給料は限られている。なのに、食べざかりの子供がいたり、私立大学に通う息子や娘がいたりだ。

この時期は、二十代の時よりもっと経済的に苦しいかもしれない。外ごはんなんて考えられないのが普通だ。そんなお金があれば、子供に回したい。それでもたまには、ママ友の集まりに行ったり、昔の友人たちと会って食べたりすることはある。

そんな時、他の年代ではまずしない質問を、こんな母親年代はすることが多い。料理をおいしく食べながら、シェフなどに聞くのだ。

「すごくおいしいです。これ、どうやって作るんですか？」

中にはフォークや箸で料理をつつき、目をこらして言ったりする。

「あ、玉ねぎ入ってますね？　そうか、これが隠し味ですか？」

シェフはたいていの場合、こういう質問にはそれなりに答えてくれる。すると、質問者は必ずと言っていいほど口にする。

「よし！　うちでもやってみよう」

私はこういう質問をすることも、こう口にすることも、マナー違反だと思う。相手はプロであり、その力と技で店を構えているのだ。たとえばそのシェフが教室を開いていて、生徒としてそこで質問するならいいが、店で質問して「よし！　うちでもやってみよう」はみっともない。私はこういうことを「貧乏くさい」と言うのだと思っている。「貧乏くさい」とはお金がないことではなく、心根が貧しいということである。

経済的に一番苦しい時期に、たまの外食でおいしいものを食べれば、作り方を聞いて家族に食べさせたいと思うのは当然。だが、質問せずに、食べながら自分で探るべ

きだろう。そして、見栄を張ってシェフに、

「おいしいです！　また食べに来たい」

と言う方がずっとスマートだ。

もっとも、作り方を聞いて、「うちでもやってみよう」と言うのは、二十代女性にも結構いるのだ。たいていが意中の男性や男性グループと一緒の時で、「アタシって家庭的でしょ」をアピールしているのである。

やがて子供も巣立ち、再び夫と二人の暮らしになる。「もったいないわ」とか言いながらも、若い頃よりはちょっと贅沢（ぜいたく）な外ごはんを夫と楽しんだり、時には夫婦でグルメ旅に出たりもする。生活に少しゆとりが出てきた年代の特権である。

しかし、女たちはこういうことを、夫とするより気の合う女友達としたいのが本音。むろん、すべての女たちがそうだと言うのではない。

都内でも地方都市でも驚かされるのだが、ホテルやレストランのランチタイムは、この年代の女性たちの独壇場である。とにかく楽しそうで、よく笑いよくしゃべり、見ているだけでこちらも楽しくなるほどだ。夫が相手ではこうはいかない。

先日、私が都内のホテルでランチをとりながら仕事の打合せをしていた時のこと。

隣席の中年夫婦は食べ終わる迄の約四十分間、一言の会話もなかった。一言もだ。二人で外ごはんに来て、向かい合って食べているのだから、仲は悪くないのだと思う。

だが、黙々と食べ続けるだけの夫婦を見ていると、女同士で行きたいという本音も頷ける。外食も旅も、女にとってはおしゃべりできて楽しくなければ、お金を払う意味がない。

こうしてさらに年齢を重ね、夫が先に亡くなったとする。妻は大変なショックを受けるのだが、妻は悲しみが癒えたらメシに走るものだ。いや、これもすべてがそうだと言うのではない。

妻たちの多くは年金暮らしだろうが、多少の貯金もある。できる範囲で生活を楽しみ、残りの人生を謳歌しようとする年代だ。私の周囲の七十代、八十代にもそういう女性たちが非常に目立つ。

その多くはカルチャースクールや趣味のサークルに入っている。終了後のランチや、夜の飲み会にカラオケ、花見や忘年会など理由を見つけては集まり、外ごはんを満喫している。

「楽しくてやめられないわ。お稽古ごともだけど、仲間と食べて飲んでしゃべってると、ホントに元気でいなきゃ！と力が湧くのよ」

私にこう言った七十代後半の女性は、ある夜、猛烈な腹痛に襲われた。夫は亡くなり子供は遠くにおり、一人暮らしである。脂汗と激痛で七転八倒の中、救急車で搬送された。

腸閉塞だった。彼女はかつて別の病気でお腹を切っており、そういう人は癒着して腸閉塞になりがちな場合があるという。しかし、医師は言ったそうだ。

「あなたの食生活をうかがうと、外食が多いし、食べ過ぎもありますね。入院して絶食していただきますが、これを機に食生活を見直してみてください。年齢と共に体の機能が落ちているんですから、多すぎる外食は負担になりますよ」

彼女はムッとして、反論したという。

「でも、私は贅沢な外食をしてるわけではないんですよ。安い店で安い食事をみんなと楽しんで、元気をもらっているんです」

「安い食事には安いだけの理由があるはずです。家庭で作るように、すべて安心安全な食材を使い、塩分や脂質に気配りした料理なら、安く提供できるわけがありませんからね」

「お金がないんですから、安い店に行くのはしょうがないでしょッ」

「ならば、安い店に足繁く通うのをやめて、その合計額で一回食べたらどうですか。若い人とは違うんですよ。血液検査の数字にも問題がありますし、肥満もある」

彼女は肥満度を表すＢＭＩは28。22がベストとされる以上、相当な肥満だ。

一週間後の退院の日、仲間に声をかけてランチをしたそうだ。

「安い店で天ぷら定食と大皿のお刺身もらって、祝盃はハイボールよ。いいのよ、もう先がない年代なんだから、私流を曲げる気ない」

しかし、私は医師の言葉に納得している。安い外ごはんを重ねることは、ある年齢以上の体にはよくないということにだ。食材の産地もわからないし、安い油や調味料による濃い味つけでごまかさざるを得ないだろう。

外ごはんは楽しい。気分転換になるし、上げ膳据え膳の解放感がある。女性たちの心を元気にしてくれることは確かだ。だが、年代が上がるにつれて、心だけでなく体も元気にする外ごはんを考えねばなるまい。

おいしく豊かな水だし生活

私の四十代、五十代はとにかく仕事が忙しく、また楽しく、刺激的で、すべてに優先させていた。

そんな中で、台所に立つこともあるにはあったが、ガス台には常にフライパンが出ていた。日に応じて野菜やベーコン、卵、肉類などをジャージャーと炒める。味つけも日によってケチャップだったり、カレーだったり、塩胡椒だったりだ。

中華味や、コンソメ味もよくやっていた。そして、電気炊飯器が勝手に炊いてくれた白いごはんと、味噌汁を合わせる。

味噌汁のだしはインスタントの粉末である。炒め物の中華味やコンソメ味も、もちろん粉末である。粉末のだしは簡単な上に、量の増減がすぐにできるし、味もいい。

こういう家庭食と、外での会食が二十年続いたせいばかりではなかろうが、「鉄の女」

と呼ばれるほど丈夫で元気だった私が、二〇〇八年に死んでも不思議ではない急病に襲われた。

二度の大手術を経て、まさしくこの世に「生還」し、退院する時、栄養士からみっちりと食生活の指導を受けた。まずは塩分のカットである。そして太ると心臓に負担がかかるため、糖質や油脂の適正な摂り方を守り、退院時の体重をキープするよう厳命された。

「内館さん、塩分をカットする一番の方法は、自分でだしをひくことです。昆布やしいたけなどの素材からうま味成分が溶け出しただしですと、味噌や醤油はほんの少し使うだけで、とてもおいしいんですよ。

それと、レモンやすだちを搾(しぼ)って使えば、本当に塩も醤油もいらなくなるほど。保証します」

だしをひくなどと高度なこと、私にできるだろうか。自宅にはインスタントの粉末は和洋中、ズラリとそろっているが、昆布もしいたけも鰹節もない。

だが、考えてみれば確かに白い粉の一振りで、おいしい味つけができるのはヘンだよなァ……。あれは昆布やしいたけなど、だしのエッセンスに、何らかの人工的な処理をしたのだろう。そうでないと、あんな粉末にはなるまい。処理過程では当然、化学物質が使われているはずだ。簡単でおいしいとはいえ、それを毎日、体に取り込むのはやっぱり「ヤバイ」に違いない。少なくとも私は二十年間取り込み続けた。そのせいばかりではないが、重病に襲われ、奇蹟的に「生還」した身だ。

自分でだしをひくしかない。

だが、それは雑味が出ないように火加減を見たり、ザルでこしたりするのだろう。面倒だなァ、続くわけがないよなァと思っていた時だ。

秋田の角館に安藤家という旧家がある。「安藤醸造元」として嘉永六年から味噌や醤油を造っており、今も昔ながらの蔵で、無添加・天然醸造を守る老舗（しにせ）だ。私は秋田出身なので、安藤家の方々と親しく、たぶん大女将（おおおかみ）の恭子さんに「だしをひくのは面倒で……」とかぼやいたのだと思う。

後日突然、恭子さんから鰹節削り器と本枯れ節が送られてきたのである。びっくりした。その上、同封の手紙に「水だし」のやり方を書いてくださっていた。

これなら簡単だ。すぐできる。ずっと続けられる。鰹節削り器がまた楽チンなもので、よく見るカンナ箱型ではない。何とも楽チンなもので、刃がついた本体に鰹節をはさみ、ハンドルをグルグル回すだけ。すると削れた鰹節が、本体の引き出しにたまる。家庭用のかき氷器を想像していただくと、近い。

私は手紙にあった通りに、一リットル容器に削りたての鰹節と昆布を入れ、水を加えた。容器は麦茶用のガラスボトルで、それを冷蔵庫に入れて一晩おく。そうするだけで、朝にはおいしいだしができていたのだから驚いた。

このだしを初めて口にした日のことを、よく覚えている。味が穏やかでまるい。それは、ずっとインスタントの粉末だしに慣れていた舌にとって、淡くてもの足りないところでもあった。

ところが、十日ほどたった頃だ。慣れ親しんでいた粉末だしは、味がとんがっていたと気づいた。おいしいと思って使っていたが、自分でひいただしからにじむ「うま味」は、粉末のストレートな味とはまったく別物だった。この穏やかなまるさこそが、自然素材の持つ力なのだとやっと気づいた。

このおいしさに目覚めると、ストレートなとんがった味に戻る気がしなくなり、それらはうちの台所から自然に消えていった。

そして、自分流に組み合わせて、色んな水だしを作るようになった。というのも、昆布のうま味はグルタミン酸、鰹節はイノシン酸、干ししいたけはグアニル酸だという。ならば、この三つを全部入れたら複雑なおいしさが生まれるのではないかと、単純に考えたのが発端だ。

今、私は次の五種類の水だしを、気分によってひいている。どれも「昆布」と「鰹節」は必須である。この二つに、①〜⑤のどれかを加える。

①干ししいたけ
②焼き干し
③焼きアゴ
④干しエビ
⑤干し野菜

干し野菜はごぼう、にんじん、細切り大根、薄切りのじゃがいもなどで、私はあればクルミを叩いて加えている。昆布は日高産を使うことが多く、焼きアゴは長崎だ。北海道と九州が水の中でみごとに調和する。

雑誌などには、昆布や干しエビなどのだしがらは捨てずに佃煮にしたり、ふりかけを作ったりしようと書いてある。一度やってみたが、私の腕が悪いせいか、時間ばかりかかっておいしくなかった。とはいえ、捨てるのはイヤだ。

そこで今は、水だしにする時、昆布や干ししいたけは最初から小さく細かく切っておく。要は汁の実にしてしまうのである。

水だしを作る上で、こういうやり方がいいのか悪いのかわからなかったが、後にＮＨＫの「あさイチ」で、大阪の昆布問屋のご主人・喜多條清光さんが「昆布は断面からうま味が出るので、細切りにしてうま味成分が出やすくするといい」とおっしゃっていた。結果オーライである。

焼き干し、焼きアゴ、干しエビのだしがらは、小さくしてきんぴらごぼうに加えることが多い。炊きたてのごはんに、そのきんぴらごぼうをまぜてお握りにすると、これがまたおいしい。

こうして心を入れ替えて、水だし生活を送っていた私は、料理評論家の山本益博さんとお話しする機会を得た。私は二〇一〇年から二〇一五年までの五年余り、「内館牧子のエコひいきな人々」というラジオ番組を持っていたのである。

これはＴＯＫＹＯ　ＦＭを通じ、全国33ＦＭ局で放送されていたのだが、番組名が示すように専門家を招いてエコについてお話をうかがうものであった。エコといっても宇宙のゴミ問題からオーガニックレストランまで幅広く、毎回のゲストの話はそれはそれは面白かった。

そのゲストとしていらしていただいたのである。

益博さんは明言された。

「全世界を調査した結果、現代人にとって最も理想的な食事は『日本の昭和三十年代までのメニュー』だと報告されたんです。具体的には『まごわやさしい』ですよ。現代人はそれに『に』、つまり肉を加えて、『まごにわやさしい』がいい」

ま…豆、ご…胡麻、に…肉、わ…わかめ等海藻、や…野菜、さ…魚、し…しいたけ等きのこ、い…いも。

「昭和三十年代までは、ごはんのまわりに、これらのおかずを置いて食べていた日本人が、欧米型になってこの誇るべき家庭食を切り捨てた。結果、油脂の摂取が多くなりました。外国の料理は大量に油脂を使う。でも和食のベースは水。だしにしてもお浸しにしても、水に包まれています」

益博さんはさらに続けた。

「バター、クリームなどの油脂は自分から『おいしいでしょ』と語りかけてくる。和食はそうではない。口にふくんで自分でうま味を感じるものです。素材のうま味を小さい時から教えないといけません」

最近の若い親は調味料漬けになっていると警告した後で、衝撃的な一言を加えた。

「（そういう親に育てられた）子供は、マヨネーズやケチャップなどを塗りたくってコーティングした味こそがおいしいと、調教されていることになります」

この「コーティング」という一言は忘れられない。濃く、刺激的で、「おいしいでしょ」と語りかけてくる味は、誰にもわかりやすい。つまりわかりやすく強烈に「コーティング」されたものなのだ。

「素材そのものの持つ力こそが、人間の栄養になります」

穏やかでまるい味の水だしは、私が考えている以上に力を持っているのだと思う。

牧子、還暦過ぎて油を考える

　前述の「内館牧子のエコひいきな人々」だが、ある時、東京医科歯科大学名誉教授の藤田紘一郎（こういちろう）さんに来ていただいた。寄生虫学の専門家に、「腸内細菌と生活習慣」のお話をうかがいたかったのである。

　ところが本番前にお茶を飲みながら、スタッフも一緒に雑談していた時のことだ。藤田先生がおっしゃった。

「私たちは油について、もっと知らないといけませんよ。意外な食品に、意外なほど多くの油が使われていたりしますから」

　そして、マヨネーズの話をされた。

「マヨネーズは卵の割合が大きいと、皆さん思ってるでしょう。違う。油ですよ。大量の植物油で、卵はほんの少ししか含まれていない。私は自分でマヨネーズを作ってみたことがあるんですが、あれは油の塊と言ってもいいでしょう」

びっくりした。私はマヨネーズは卵たっぷりで、あとは酢だと思っていたのだ。油が入っていることは知っていたが、油の味も匂いもまったくしないのだから、酢よりさらに少量なのだと思い込んでいた。

その後、たまたま『「隠れ油」という大問題』（林裕之　三五館）という本を手にした。表紙を見た瞬間、私は固まった。藤田先生の「マヨネーズは油の塊」という言葉が、頭をよぎった。

その本の表紙には、同じマヨネーズの容器二本が並んでいた。どこの家庭にもあるマヨネーズである。

一本はいつも目にしているマヨネーズだが、もう一本が衝撃だった。容器の下方三分の一くらいにマヨネーズ状のものがたまり、その上方三分の二は黄色く透き通った液体である。油だ。どこの家庭にもあるマヨネーズを冷凍し、解凍すると、油分が分離するのだという。

同書によると、マヨネーズの「原材料の70％はサラダ油が占める『植物油食品』」。一般的なサイズ（450g）だと、油脂量は315gにも及ぶ」という。そうか、私たちは卵のソースだと信じて、実はこれほどの油を体に入れていたのか……。

この時、私は普段やっている使い方を思い出した。揚げ物である。

いつだったか、新聞の料理欄に「マヨカツ」なるメニューが紹介されていた。揚げ油を使わずに、マヨネーズに含まれる油だけを使って、カツを作るのである。カロリーも半分以下で、ヘルシーだと料理専門家が解説していた。

作り方は簡単で、マスタード、マヨネーズ、小麦粉をなじむまでまぜる。少量の酢を加えて豚ヒレ肉の両面に塗り、パン粉をつける。パン粉のつきが落ちついたら、オーブンで焼く。私は260度くらいにして、10分から15分くらい焼いていた。

油で揚げるカツのおいしさにはかなわないまでも、それなりである。油の後始末をしなくていいのも助かる。私はハムカツ、鶏の唐揚げ、魚フライなども、この方法で作っていた。

なぜマヨネーズで揚げ物もどきができるのか。そう考えたなら、マヨネーズイコール油だと気がついてもよさそうなものだ。つまり、隠れている油でコーティングし、オーブンで焼いていたことになる。

なぜ気づかなかったのか。まさかマヨネーズに、こんなにも大量の「隠れ油」が使われているとは考えもしなかったからだ。

前出書によると、私たちは1人当たり、1年間に13・3kgの「隠れ油」を摂取しているという（一般社団法人日本植物油協会の「食用油の利用と消費」調査2014年）。

そういえば、山本益博さんも油脂の摂取について警鐘を鳴らしていた。私は初めて、油について考えないといけないと思った。「牧子、還暦過ぎて油を考える」である。これまでずっと、どの力士が横綱になれるかは考えても、油のことなど考えたこともなかった。

色々と本を読み、管理栄養士の友達にも教わったりしたが、とにかく情報が多く、私のように「油初心者」には何を信じていいのかわからないほどである。

ある油を「いい」としている説もあれば、「よくない」とする説もある。実際、私が調べて「いい」とされた油も、本書の担当編集者が調べた資料には「よくない」と出ていたりした。そこで管理栄養士の友達に、

「多くの説がある中で、あなたなら『摂った方がいい油』と『避けた方がいい油』をどう分ける？」

と質問してみた。彼女の答えは次のようだった。

「動物性油より植物性油の方が体に優しく、体にいいと思っている人が多いけど、これは間違い。確かに、かつては植物性油こそが人間を健康にするという説が正論だったから、そう思うのは無理もない。だけど、一九九〇年代に、植物性油を加工・精製する工程でできる『トランス脂肪酸』が人間には最もよくないという説が出たの。今、アメリカではそれを多く含む人工的な油を食品に使うことを規制しているし、二〇一八年六月以降は原則禁止になるのよ」

★「摂った方がいい油」
バター、ラード、ココナッツ油、オリーブ油、アマニ油、エゴマ油、シソ油など

★「避けた方がいい油」
マーガリン、ショートニング、サラダ油

この分類は油に関する書籍、雑誌にも多く出ている。

しかし、彼女も言っていたが、「大量に摂るのでなければ、特に問題ではない」という説があるのも事実。

前出の藤田先生は、『なぜ「油」をかえると、長生きできるのか』（三笠書房）の中で書いている。マーガリンやショートニングの元の姿は液体の植物油だという。この大

量生産の安い植物油に水素を添加することで固形にしている。この処理の際、トランス脂肪酸を生んでしまう。

「人体にとって、トランス脂肪酸ほど健康に悪い脂質はありません」

と藤田先生は断じている。

しかし、ここでも、「トランス脂肪酸は摂りすぎなければ問題ない」という説がある。

私は管理栄養士の彼女が、

「昔はマーガリンを『人造バター』と呼んでた時代があったのよ」

という一言だけで、マーガリンは使わないと決めた。「人造バター」という言葉ほど、人工的に処理して作ったということを言い表している言葉はないと思ったのだ。

とはいえ、私が小中学生の時、給食には必ず、マーガリンがついていた。学校給食関係者に聞いたところ、トランス脂肪酸の問題があり、現在ではマーガリンを使うことは少ないそうだ。ただし、バターは高価な上に品不足。そのため、カレーやシチューなどのルウを作る時くらいしか使えないという。

一方、サラダ油については、私は七年前に、山本謙治さん（食生活ジャーナリスト）の「サラダ油は高度に化学的に作られている」という内容のレポート（『おかずのクッキング』

2010年4-5月号　テレビ朝日刊）を読んだ。

ココナッツ油にせよ、ゴマ油にせよ、個性が強い。そのため、合わない料理が出てくる。一方、サラダ油は個性がないため、どんな料理にも合い、重宝される。個性やくせのない油にするために、化学薬品で処理されているというレポートだった。

私は衝撃を受け、以来七年サラダ油を使っていない。

管理栄養士の彼女は言う。

「自分で料理を作れば、摂るべき油を使い、他は避けるということが、比較的簡単にできるわけよ」

「そうだけど、私はいくら体によくてもココナッツが嫌いで、その油はカレーでも油でもデザートでもまったくダメ。それに、いい油とよくない油を考えると、外食も市販食品も全部口に入れられなくなるのよ」

「嫌いなものを摂るのは無理だし、外ごはんの時は、油の良し悪しなんて考えないで、何でも食べないと楽しくないわよ」

そのかわり、家では注意して帳尻を合わせる努力をする。これがベストだろう。

第二章

一回でも多く、楽しく食べたい

独りごはんに慣れるコツ

私の周囲にいる男女は、筋金入りの独身者が多い。かく言う私もだ。誰もが決して結婚に不適切だったとは思えないのだが、いつの間にか「婚期を逃し」たり、「早々に離婚し」たりして、今では「全然する気ない」という地点に到達した猛者（もさ）たちだ。

当然ながら、独りで食事をすることにも筋金入りである。自宅で「独り鍋」を楽しむし、「独り焼き肉」でも「独り宅配ピザ」でも何でもござれだ。

「今、『独り手巻き寿司』がマイブームなの。もう幾らでも食べられちゃう！」

と言って、アボカドからカニカマ、かいわれ、ウニに至るまで買いまくる女友達もいる。もっとも、筋金入りの私たちをも仰天させたのは、男友達の「独りハワイ」。

「幾ら何でも、ハワイに独りって……」

とあきれる私たちをよそに、彼は独りでワイキキで寝転び、独りでドライブし、独りでハワイ料理と酒を満喫し、「気楽で最高の旅だった」と元気に帰ってきた。

一方、いつも家族や夫と一緒に楽しんできた人たちは、往々にして独りで何かやることがうまくない。とはいえ、年齢と共に家族構成は変化する。子供の独立などで、人数が減る場合が多い。また、夫婦二人の生活を楽しんでいたのに、一人遺される人もいる。筋金入り「家族ごはん」の人が、突然「独りごはん」になるのだ。

「独りハワイ」と違い、食事は日常的なことであるだけに、「独りごはん」をうまく楽しめる方がいい。そこで今回は、独りごはんを楽しんでいる私がお伝えするコツである。すべての人に当てはまるわけではないが、ご参考までに。

「独りごはん」はしたくないという人たちは、何がイヤなのか。たまたま三十人ほどの私的な集まりがあったので、幾つでも挙げてほしいと質問してみた。その結果、大きく四つにまとめられ、多い順に次のようになった。
①わびしい
②作る張り合いがない
③食材が余る
④料理が余る

「わびしい」が予想通りのトップで、ほぼ全員がそう言った。具体的には「話し相手がいなくて淋しい」「独りで食べてもおいしくない」などを訴えている。

独りごはんの初心者に、それをわびしく感じさせる最大の元凶は、女性誌などで語る「有識者」のコメントだと思う。たいていが次のように言うものだ。

「独りだからって手を抜くと、わびしくなるんです。ランチョンマットを敷いて、食器も料理に応じて、好きなものを使いましょう。季節の箸置きやナプキンも忘れないで。花を一輪飾ったり、お気に入りの音楽を流したりして、ゆっくりといただくと、わびしさなんてありませんよ。だらしのない空間で、適当にかっ込むみたいな食事をするから、わびしいんです」

これは根本的に間違っている。

この完璧な正論を初心者が守っていては、独りごはんは地獄。慣れる前に体をこわす。私たちのように筋金が入った後は、こういうきちんとしたしつらえの中で、独りごはんをゆっくりと楽しめる。だが、初心者がこんな食べ方をしては、わびしさがつのるに決まっている。

初心者は、常に他人の目を意識しているからである。

自宅で独りで食べたところで、誰も見ていない。なのに、「話し相手もなく、ポツンと食べている私」を、部屋の天井の方から自分で俯瞰（ふかん）している。自分できれいに整えたテーブルで、自分が作った手抜きのない食事を独りで黙々と食べている。そんな自分を自分で見て、「哀れっぽいね」「わびしいよねえ」などと、他者の思いを自分で代弁している。

有識者の言う「完璧な正論」は、初心者には最も合わない。

初心者には「ほんのついで」という食べ方をお勧めする。

これは独りで外食している人たちを見るとよくわかる。ランチであれ、ハンバーガーやソバをちょっと食べる時であれ、多くがスマホをいじりながら口を動かしている。特に女性客は、限りなく一〇〇パーセントがそうだ。

これが何を示しているか。「スマホが主で、ごはんは従。スマホのついでよ」というアピールである。

実はスマホを凝視するような急用もないにせよ、そうしなければ、食べることに集中しているように見える。それがイヤなのだ。独りで食べる恥ずかしさに加え、食べることに黙々と集中して見える自分が恥ずかしい。だからスマホをいじり続ける。他者は誰も気に留めていないのに、独りごはんの自分を自分で俯瞰している。「ほんのついで」というアピールは、女たちをラクにしてくれる。

同様に、初心者が独りで自宅で食べる時は、会社の残業食を思い出そう。残業食はゴチャゴチャのデスクで書類を繰ったり、パソコンをのぞきながら「ついで」に食べる。初心者は自宅で食べる時もこれがいい。

ランチョンマットも箸置きも不要。何が花だ。倒して水をこぼすだけである。ゴチャゴチャのテーブルのあいているところに食器を置く。あき具合によって、こっちにごはん、あっちにサラダ、積んだ雑誌の上に焼き魚などとなるが、それで何の問題もない。お気に入りの音楽など流さず、テレビをつけてお笑い芸人に笑ったり、新聞を広げたりして食べることだ。食事はあくまでも「ついで」である。

体験者の私が保証しておくが、慣れてくると自然とランチョンマットを出し、食器や箸置きやナプキンを整えるものだ。不思議なもので、ゴチャゴチャした中で食べるのが、今度はわびしくなってくるのだ。「独り手巻き寿司」の友人も、「独り宅配ピザ」の友人も、そして私も、今はとてもきれいな食卓で、ゆっくり食べている。

二番目に多かった「作る張り合いがない」だが、家族の喜ぶ顔を原動力にしていた

人たちにとって、これは大問題だろう。

作る気になれないと言うのであれば、作ることも食べることもやめたらどうか。

「張り合い」が重要なモチベーションであることはわかるが、「独り」という状況になったなら、それを受け入れるか変えるかしかない。お腹がすいて倒れそうになるまで、気のすむまで作らずに愚痴っている方が、やがて前向きになれるのではないか。

三・四番目の食材や料理が余ってしまうことについては、私の女友達二人のミもフタもないやりとりをご紹介する。一人が嘆いたのだ。

「主人も亡くなって、とうとう子供は全員が独立して……。独りだと食欲出ないの。たくさん作るとおいしいってホントね。だから一人でもたくさん作っちゃって残るし、食材も残ってダメにするし。家族五人でみんなで食べるおいしさ、懐かしいわ」

するとと、筋金入りのシングルの女友達が鼻で笑った。

「アータって頭悪いわね。簡単なことじゃないの。食材を一人分買って、一人分の料理作りゃいいのよ。全然残んないわよ」

一方は「懐かしさ」への愚痴であり、一方は現実的な解決策である。かみ合いっこないのだが、私は「たくさん作るとおいしい」とか「みんなで食べるとおいしい」という、万人受けのする言葉は聞き流し、惑わされない方がいいと思う。

それは正しい部分もあるにせよ、独りで食べてもおいしいものはおいしい。たくさん作ってもまずいものはまずいのだ。独りでもきちんとしたテーブルセッティングをして食べよというコメントもそうだが、突っ込みようのない小綺麗(こぎれい)な正論を鵜呑みにしないことだ。それが独りごはんに慣れるコツである。

私は二〇一五年秋、長編小説『終わった人』(講談社)を出した。これは定年を迎えて、社会から必要とされなくなった夫と、クールに自分の生き方を模索する妻の物語である。その中に、川上という男が出てくる。彼は超エリートだったが、交通事故で妻と一人息子を失い、今は認知症の父親と二人で暮らし、介護をしている。

当然ながら、幸せだった三人家族の時代を思い出し、当初は立ち直れなかった。だが、亡くなった妻は東京下町の出身で、

「思い出と戦っても勝てねンだよッ」

が口癖だった。そう、人は良き時代や失った過去の思い出と戦っても勝てないのだ。ならば、現在を受け入れ、楽しんで生きる方がいい。川上はそこに到達する。

「思い出と戦っても勝てない」という言葉は、プロレスラーの武藤敬司さんの名言である。アントニオ猪木やジャイアント馬場など過去のスターレスラーの思い出ばかり懐かしんでいては、僕らは先に進めないと彼は言った。

これはごはんに限らず、独りで生きる状況になった人すべてに当てはまるのではないか。

野菜はベランダで摘み、テーブルへ

ある土曜日、「近くまで来たから」と女友達が私の自宅に立ち寄った。ちょうどお昼がかかる時間なので、

「ごはん食べていかない？　あるもので作るから」

と言った。料理なんて嫌いだった私にしてみれば、「あるもので作るから」などという言葉は一生使うことがないと思っていた。「あるもので作るから」、うん、いい言葉だ。憧れの言葉だ。

私は米を研いで水に浸し、ベランダに出てミニトマトと大葉を摘んだ。あとは特にやることもなく、彼女とお茶を飲んでしゃべっていた。

そして一時間後、私はフランクフルトを塩と胡椒で炒めた大皿と、缶詰やレトルトのコンソメスープをテーブルに並べ、ごはんの土鍋を運んできた。そして「どうだ！」

というように、ふたを開けてみせた。

彼女は湯気の立つ土鍋の中を見るなり、呆然とした。そう、このごはんを見ると、あまりの可愛さに十人中十人が声を失う。いい気分だ。彼女は正気に戻ると、感極まったように言った。

「あなた、ホントに料理やるんだ……。私、営業用の口先だけかと思ってた……」

まったく、このセリフも十人中十人が言う。無理もない。病気をするまでずっと、

「趣味は大相撲と小林旭。初恋の人は横綱鏡里。料理なんか作る時間があれば、プロレスとボクシング見に行くわ」

と言っていたのだ。

友人たちは皆、私の料理は口先だけで、実は月刊『ゆうゆう』のような雑誌に連載したいからだとか、向田邦子さんのように「料理上手な脚本家」に見られたいからだとか、本当に思っていたらしい。脚本家や作家はウソつきが少なくないが、私はホントに作っているのだ。無礼者どもがッ。

女友達に出したのは「ミニトマトの炊き込みごはん」である。土鍋で炊いても電気炊飯器でも、ごはん茶碗によそう前に釜の中を客に見せることが大切。炊きあがった

ごはんの上にミニトマトがてんでんバラバラに並び、ものすごく可愛い。私はこれを「秋田魁新報」の料理ページで知り、可愛くアレンジしているのだ。

新聞ではミディトマトを使っていたが、私は大小さまざまなミニトマトを使い、色も赤黄オレンジなど色とりどり。炊きあがると、ミニトマトがポルカドットのようにアチコチに散らばり、可愛いの何の！

作り方をご紹介する。それにしても、私が料理の作り方をご紹介する日が来るなんて、人生って悪くないわ。

〈**ミニトマトの炊き込みごはん**〉

・用意するもの（2合分）

米2合　ミニトマト（色も大小もバラバラにして、多いほど可愛い）　だし200mℓ（5cmくらいの昆布を水に浸す）　しょっつるか白だし大さじ1　大葉10枚

・作り方

❶米を研いで30分くらい水に浸す。
❷ミニトマトの皮を湯むきする。

❸炊飯器にだし、米、しょっつる（または白だし）と、ミニトマトを入れて炊く。水の量は1割減ほどにし、好みで増減を。
❹炊きあがったら器に盛り、せん切りの大葉をたっぷりのせる。

なお、大きめのミニトマトやミディトマトの場合、湯むきしなくても炊きあがった後で皮が除ける。

私はベランダに作りやすい野菜やハーブを植えているのだが、ミニトマトは赤黄オレンジの大中小とも、とても育てやすい。

育てやすいのはハーブ類も同じだ。私はよく使うバジル、タイム、ミントを植えている。そして葉を使った後で、茎をコップに差しておくと、すぐに根が出てくる。それをまた植えるのでどんどん増える。

他にコリアンダー、セリ、ルッコラ、木の芽、クレソンも重宝だ。香りのある野菜、くせのある野菜は嫌う人もいるが、好きな人にとってはたまらない。だが、買うと結構高い。ならば、ベランダで育てることだ。ふんだんに使える。

また、困るほど採れるものも多い。何と言っても大葉である。採らずにいると葉が固くなるので、どんどん採る。どんどんたまる。さりとて、どんどんは使えない。そんな時、女友達が「大葉のイタリアンソース」を教えてくれた。これは便利である。

〈大葉のイタリアンソース〉

・用意するもの

大葉30枚　オリーブ油適量（100㎖くらいかな）　にんにく1〜3片（好みで）

塩、胡椒各適量

・作り方

❶にんにくを薄く切り、大葉は手でちぎる。

❷①にオリーブ油、塩、胡椒を加え、すりつぶす。

❸びんに入れて、冷蔵庫で保存し、1か月以内に使う。

すりつぶすのに、女友達はフードプロセッサーを使っていたが、私は使用後に洗うのが大変な気がして、すり鉢を使う。しかし、実際はすり鉢の方が洗うのは大変だった。

女友達はこのソースを、玉ねぎとベーコンを炒めたパスタにからめ、パルメザンチーズをたっぷりかけて、ごちそうしてくれた。冷えた白ワインによく合うの何の！　至福の一時だった。

私はこのソースにマヨネーズと、びん詰めのほぐした鮭ときざみ海苔を加え、トーストにするのも好き。

また、大葉ではなくバジルでも同じようにできる。これもパスタにもサラダにも何にでも重宝するが、ベーコンととろけるチーズでトーストにするのもお勧め。

ベランダには他にセロリ、ブロッコリー、レタス、チコリ、エンダイブ、レッドリーフなどの葉もののもあるが、これらも手間がかからない。油断して花が咲いた時は、切り花にして飾っている。

難しいのは実ものだ。なすもピーマンも虫がついて大失敗した。いつも丁寧に水やりや、薬を散布できればいいが、仕事や所用で何日か留守にすることは誰しもあろう。

私も一週間ほど留守にして帰宅し、あんなに叫んだことはない。なすとピーマンを採ろうとしてさわったら、その実の形のまんまに虫がビッシリとついていたのである。ギャオーと叫び、総毛立って手を引っ込めた。見ると、他の実も虫でねじれて変形しており、小さいままで育っていない。この時以来、実ものはやめた。

また、根菜も大きくはならないが、いつも作るのはにんじん。売っているもののように立派にはできず、小さくてか細い。そのせいだろうか、市販のものより柔らかい。その上、イッチョ前ににんじん色をして、味が濃い。これを使って、私はしょっちゅう「豆腐めし」を作る。

全国で豆腐の消費量ナンバーワンは、岩手県盛岡市である。おいしい豆腐店も多い。私は盛岡に住む男友達に教わり、この豆腐めしにハマってしまった。

〈豆腐めし〉

・用意するもの（2合分）

米2合　木綿豆腐1丁　にんじん1本（市販のものなら）　ごぼう½本　醤油大さじ1

白だし大さじ1　みりん小さじ2　胡麻油（炒め用）　だし（200㎖くらいかな）

・作り方

❶木綿豆腐を1時間ほど水切りしておく。

❷米を研いで30分くらい水に浸す。

❸にんじんとごぼうは、きんぴらを作る時のように細切りにする。

❹①を手で細かくし、にんじんとごぼうと一緒に胡麻油で炒める。
❺炊飯器に②の米、④とだし、醤油、白だし、みりんを加え、規定の水加減で炊く。
❻炊きあがったら茶碗によそい、好みで大葉や白胡麻、もみ海苔などを散らす。

要はきんぴらごぼうの炊き込みごはんである。最初は豆腐を炊き込むことに驚いたが、これがいける。素朴でいい味わいである。私は木綿豆腐ばかり使っているが、絹や焼き豆腐もいいかもしれない。また、手で細かくして電子レンジにかけると、水切りが早くできる。

ついもっとおいしくしようと、油揚げや鶏肉を加えて炊いてみたこともあるが、これはよくなかった。せっかくの豆腐の味わいが隠れてしまい、よくある五目めしになっていた。

夏に向かって、ベランダはさらに賑やかになるから楽しみである。深めの大きなプランターに落花生を植え、掘りたてを茹でるおいしさよ！　ビールに合わせて大相撲中継を見ていると、海外旅行より幸せを感じたりする。

残り物を「お洒落めし」に変身させよう

女友達二人が遊びに来て、私の話を聞くなり仰天して叫んだ。

「何それーッ⁉　あなた、ばぁばにホントにそんなこと言ったの？」

「言ったのよ。言ってからシマッタと思ったけど、ま、いっか。ホントだしって」

「ホントにしても、普通、女性誌に出るような人はそんなこと言わないわよ。カッコつけるものよ。笑えるゥ」

「そう言うけど、あなたたちだってやってるじゃないの」

「一般人はやってても、雑誌とかに出る女たちは、『おいしいものを少し頂くの』的なこと言うわけよ。ああ、笑える。脚本家ってよっぽど貧乏なんだなって思われるね」

２５０ページから、「ばぁば」の愛称で親しまれている料理研究家、鈴木登紀子（ときこ）さんと私の対談が載っているが、女友達が仰天したのは、そこでの私のセリフである。

ばぁばは本当にふんわりと優しく、私のように還暦を過ぎて初めて台所に立った者を相手に、何らバカにすることなく、たくさんのことを教えてくださった。で、私は土鍋でごはんを炊いた後の始末を、つい言ってしまったのだ。

「その土鍋にはお湯を入れておくんです。すると、底にくっついていたごはんが、夕方にはおかゆみたいになる。それに、海苔や焼き鮭などを少し加え、温めて食べると、おいしくて幸せな気分になります」

言った後ですぐ、「あ、カッコ悪かったかな」と思ったのである。ところが、ばぁばはすごい！　思いもかけぬ返答をくださった。

「そこにお漬け物でも添えれば、もう大満足よね」

この一言で私はホッとしたのだが、友人たちは自分もやっているくせに、雑誌でしゃべるなと笑うのである。

考えてみると、私は自分で料理をするようになってから、初めて、「もったいない」という意識を持った。むろん、その意識は以前からあったが、どうも切実ではなかったように思う。今は土鍋にこびりついたごはんも工夫して食べる。

他に、私が毎回毎回気になるのはテレビの料理番組である。講師が、

「では次に、このタレの中に炒めた豚肉と野菜を加えます」

などと言い、炒めた具材をタレに入れる。その時、フライパンに豚肉のカケラや野菜の端っこが残っていることが非常に多い。「それも入れてよ」と思う。気になる。また、

「最後に溶き卵を回しかけましょう」

と回しかけるのはいいが、容器の底にはまだ卵液が少し残っている。「ゴムべらで最後の一滴まですくってよ」と思う。気になる。

決してオーバーではなく、多くの料理番組はこうだ。放送時間の制限があるにしても、食材は最後まで使ってほしい。友人たちにそう言うと、彼女たちも同じことを思っていた。だが、釘を刺された。

「そんなみみっちいこと、誰も雑誌なんかに書いてないし、貧乏くさいと思われたくないのよ。書いちゃダメよ」

書いちゃったよ。大体、貧乏くさく思われたくないという根性が貧乏くさい。

岩手県盛岡市は「じゃじゃ麺」が有名なところである。これは茹でた麺の上に肉味噌やキュウリなどをのせ、好みでにんにく、しょうが、ラー油を加えて食べる「汁なし麺」だ。とてもおいしい。そして、別料金一〇〇円程度を支払うと、食べ終えた皿

に肉味噌を足し、生卵を割り入れ、茹で汁を注いでくれる。客はそれをかきまぜて飲む。これが「チータンタン」と呼ばれるスープだ。盛岡の男友達は、

「昔、岩手は貧しかったからね。たぶん、その時の智恵で、皿についた味噌の跡さえもったいないって、湯を入れて飲んだんだろうな。当時は卵や肉味噌の追加なんてなかったと思うよ」

と言った。今は、肉味噌も卵も加わるが、皿がきれいになるまで食べ尽くすという意味では、「チータンタン」に当時の名残りはある。

そういえば、私の祖父母の年代の人たちは、食べ終えたごはん茶碗に、必ず白湯(さゆ)を注いで飲んでいた。ごはん粒ひとつも残しはしなかった。また、焼き魚や煮魚は徹底してきれいに食べ、骨しか残らない。そこに白湯を加え、皿についた煮汁や骨についた小さな皮まで、きれいに飲んでいた。

私は料理をするようになって初めて、色んなものがほんの少し残ることが多いと気づいた。特に調味料だ。新しいものを買った時、並行して使うこともできるが、使い切るまで容器やびんが場所をとる。さて、どうしたらいいものか。

ある時、みりんがほんの少し残った。煮物には少ないし、びんは邪魔だ。すると、

ふと思いついた。三陸から届いたばかりのサンマに、残ったみりんを塗ってみたのである。「みりん干し」という干物があるくらいなので、魚との相性は悪くないだろう。それだけの理由でナマのサンマに塗るのも乱暴だが、これが大成功。

表面がこんがりした飴(あめ)色に焼け、見た目が実にいい。食べると香ばしく、甘く、塩焼きと違って醤油はほんの少しでいい。大根おろしにたらす程度である。以来、サンマはほとんど「みりん焼き」になってしまった。

もっとおいしくしようと、みりんに漬けてもみたが、サンマから水分が出て味が薄くなる。塗ってすぐ焼く方がいい。

後に「サンマのみりん焼き」はテレビでも紹介していたと聞いた。

また、マヨネーズやケチャップもほんの少し残ったりするものだ。私はビニール容器をハサミで半分に切り、くっついているマヨネーズやケチャップをきれいにスプーンでかき出す。そして、骨董(こっとう)の豆皿にあける。

そこらの密封容器にではなく、いい小皿などにあけることだ。そしてマヨネーズには明太子かタラコをまぜて、ラップでくるんで冷蔵庫へ。翌朝、これをパンに塗り、トーストし、かいわれをのせて食べると絶品。ケチャップも骨董のぐい呑みにあけて、ベランダのタイムを摘んでまぜておく。これも翌朝、パンに塗る。そして玉ねぎ、ピーマン、ベーコン、とろけるチーズをのせる。即席ピザトーストとしては、かなりいける。骨董などいい器に移すと、残り物という感じがしない。鍋底にくっついたごはんも、小さくてきれいな一人用の土鍋で雑炊にすると、お洒落めしに様変わりする。

昨今、日本では食べ物の廃棄量が多く、問題になっている。しかし、「一日に○トン」などと言われても、もったいなさがピンとこないものである。

ところが、私はある時、目で見て実感させられた。魚の骨に白湯を入れて飲む時代どころか、私の子供時代からも大きく変わってしまった現実を見た。

NHK朝の連続テレビ小説「私の青空」の脚本を準備していた時のことだ。一九九九年から二〇〇〇年頃である。ドラマの舞台のひとつが「学校給食の現場」で、私とプロデューサー、スタッフは多くの小学校で取材をさせてもらった。

その時に驚いたのは、子供が残した給食はすべて回収し、外には一切持ち出さないことだった。私たちの頃は、残したパンは家に持ち帰った。男の子などは教科書やベーゴマと一緒に、パンを包みもせずにランドセルにつっこんでいたし、母親はそれをパン粉にして使ったりしたものだ。が、取材先の小学校はどこも一校残らず、すべて回収。廃棄する。

私やプロデューサーが子供たちに、

「昔は学校を休んだ子には、パンやマーガリンを届けたんだよ。もったいないからね」と言ったが、どの小学校の子もまったく関心を示さず、驚きも笑いもしなかった。すべてを回収、廃棄するのは、O－157などの病気が伝染することや、休んだ子の自宅など個人情報がもれることを避けているのだと聞いた。

おかずやパンなどすべて、残り物はまとめて運び出されて、子供はそれがどうなったかあとは知らないのだ。これでは衛生観念は教育できても、「もったいない観念」は教育外なのだろうと、子供の無表情を見ながら思った。

こんな時代である以上、男の子でも女の子でも、家庭の台所に立たせることは必要ではないだろうか。魚も動物も野菜も卵も、人間を元気にするために自分を犠牲にしている。説教せずにそれをわからせるには、台所に立たせるのが一番だ。わかれば子供でも「もったいない」と気づく。

還暦過ぎて気づいた私に言われたくはないだろう。そう思いながらも、「土鍋雑炊」に合う漬け物を切っている。

和食器の「見立て」にハマる

「料理は器で食べる」という言葉をよく聞く。いい食器や、よく合う食器に盛った料理は、味が何割も増すということだろう。

私は昔から食器が好きで、料理などまったくやらない頃から、なぜか好きだった。最もひんぱんに海外旅行に出かけていたのは、一九八〇年代半ばから一九九〇年代初めだろう。まさしく日本がバブル景気に沸いていた時期だ。

あの頃、ヨーロッパの食器が女性たちに大人気だった。女性誌やテレビなどでも皿やティーカップや、あらゆる種類を紹介し続けていた。それも、「お気に入りの暮らし」というような、憧れのライフスタイルと重ねるのだから、美しいヨーロッパの食器が誰しも欲しくなる。とはいえ、日本で買うと「超」がつくほど高い。ならば現地に旅行して買おう、となる女性たち。ああ、本当にバブル時代だった。

私もその例にもれず、自宅の食器棚にはウェッジウッド、ジノリ、リモージュ、クリストフル、バカラ等々、あの頃の憧れの食器がある。料理をしない頃は、並べて悦に入っていただけで、使っていない。だが、料理をするようになった今も、使っていない。せいぜいコーヒーカップくらいだ。

今は古い和食器ばかりである。和洋中のどの料理をも、古い和食器に盛りつける。

いつだったか、都内で骨董屋というよりはガラクタ屋といった風情の店の前を通った。私は骨董にはまったく無知であるが、以前から古い雛(ひな)人形を買ったり、帯や箪笥(たんす)を買ったりして、骨董・古道具を見るのは好きだった。

その店に入ってみると、古い食器棚や人形、布、皿小鉢などであふれている。ふと目が留まったのが、貧乏徳利だった。白っぽい陶器は粗い肌理(きめ)で、花らしき絵が雑に染めつけてある。いかにも江戸時代の貧乏長屋で、赤児を背負った母チャンが、

「父チャンが酒だってよ。買ってきな」

と子供に持たせそうな、安っぽい大きな徳利。わけもなく欲しくなり、店主に聞くと、

「時代？　明治かそこらかな」

と大雑把な返事。「そこら」ということは、江戸後期かもしれない。私はどうしても、

この徳利に「父チャンが酒だってよ」のドラマをかぶせたいのだ。

値段は忘れたが、驚く安さだった。要は年代も適当な、ガラクタなのである。

その日は風が強く、帰宅するとベランダのテッセンが折れている。私はあわてて紫色の花がついたその茎を切った。そして、ふと思い立って、買ってきたばかりの貧乏徳利に挿してみた。これがいい!! 長い茎と美しい曲線を見せるツル、楚々とした一重の和花。「父チャンが酒だってよ」が、一気にお武家様の奥方の居室にふさわしい姿に化けていた。私はこの時、「これが『見立て』というものなのだなァ」と、自画自賛してうっとりしたほどだ。

日本人は「見立て」が非常にうまいと言われる。何かを本来の用途と違う使い方をする、つまり何かを何かに「見立て」て使う。貧乏徳利を、徳利という本来の用途に当てはめず、花びんにするという具合だ。

きっと外国人も見立てるのだろうが、日本人のセンスは群を抜いていると思う。満月を「月の鏡」と言うのは、まん丸い月を鏡に見立てたのだ。日本庭園では白砂を敷きつめて海に見立てたり、大きな石を山に見立てたりする。現代の私たちが、スカーフを帯揚げにしたり、きれいな小皿を石けん置きにしたりするのも、「見立て」だ。

私はあの貧乏徳利以来、古い和食器にひかれ始めたように思う。

安くて日常遣いにちょうどいい皿、鉢、茶碗などを、外出のついでによく見て回った。地方に行けば、まず必ずと言っていいほど、そういう店をのぞく。「骨董品」という高級なものではなく、ジャンキーな日用品を探すのは楽しい。そういうランクの大中小の鉢、大中小の皿、丼、ごはん茶碗、汁椀、湯呑み、そば猪口(ちょこ)、取り皿等々、気に入ったものに出合うと、よく買う。

使ってみると、古い和食器というのは本当に風情がある。現代のものに比べると、重くてごついが、私は深い藍色の染めつけが好きで、傷ものだろうが、焼きムラがあろうが、形がゆがんでいようが、気に入ったら買う。安価な日常遣いなのだ。

こうして、うちの食器棚(これも大正時代の庶民の水屋簞笥である)は、「父チャンが酒だってよ」ランクの古い和食器ばかりになってしまった。

やがて料理を始めるようになると、面白いことに気づいた。どんな洋食も中華も、古い和食器にのせると、とてもよく合うのである。カレー、スープ、サンドイッチ、ボルシチ、麻婆豆腐、ステーキ、パスタ、焼売(シュウマイ)、フルーツポンチ、アイスクリーム等々、何でも不思議によく合う。もちろん、和食は言わずもがなだ。

一方、洋食器に和食をのせたり、中華食器に洋食や和食をのせると、よく合う料理もあるが、私にはどうもすべて合うという気がしない。和食器は洋食器に「見立て」られるし、中華食器にも「見立て」られるということではないか。

そんなある日のこと、滋賀の長浜で骨董屋をのぞいていると、磁器のいい感じの手桶を見つけた。これは持ち手のついた桶で、水を入れて柄杓で道に撒いたりするアレだ。その用途から、普通は軽い木製が多い。ところが、この手桶は磁器で重い。薄い薄い青緑色の地に、濃い青緑色で花鳥の絵が焼いてある。しゃれていた。

もちろん、骨董ではない。店主は、

「昭和のいつ頃か、大量生産のものですよ」

と言ったが、私は「見立て」がひらめき、すぐに買った。確か三千円程度だった。

しばらくして、女友達三人とうちでごはん会をやった時、私はこの手桶をワインクーラーにした。また自画自賛になるが、これがいいのだ。三人の欲しがること欲しがること。高いワインクーラーを買ったばかりの一人は、

「三千円でこんなにすてきな……」と口惜しがった。「見立て」の勝利である。

日本における見立て文化は、平安時代の紀貫之までさかのぼると言われる。

今も心に残っている和歌なのだが、紀貫之は、

雪降れば冬ごもりせる草も木も
　春に知られぬ花ぞ咲きける

と『古今和歌集』で詠んでいる。これは草や木に降りかかる雪を花に見立てている。春という季節が知らないところで、冬にも美しい花が咲いているんだよという歌だ。

また、『拾遺和歌集』では、春を詠んでいる。

桜散る木の下風は寒からで
　空に知られぬ雪ぞ降りける

散る桜花を雪に見立てている。空が知らないところで、春にも雪が降っているんだよという歌である。

この歌を初めて知ったのは、高校生の時だった。「桜吹雪」なる言葉を、私たちは

当たり前に使っているが、これも「見立て」である。いっせいに散るピンクの花びらを、吹雪に見立てた。日本人の何というセンス！

その後、私は美大に入り、デザイン論の授業の時だった。何か道具の話から、教授は「見立て」に触れた。

「現代の我々も多くの道具を別の用途に使う。これはとても面白いんだけど、日常生活でそれをやりすぎると、段々と間に合わせになる場合が出てくる。それは気持ちを荒らすよ」

目からウロコだった。極端なことを言えば、スーパーのレジ袋をくず籠に「見立て」ることはできる。ガムテープでテーブルに貼れば、便利だし捨てやすい。また、バケツを傘立てに、ビールケースに座布団をのせて椅子にする等々もありうる。だが多用すると、よく言えば「間に合わせ」、悪く言えば単なる「不精」になる。心が荒れるのはよくわかる。

私の数々の古い和食器も、おしぼりをのせたり、香立てにしてもすてきだ。だが、洋食器と中華食器に見立てる以外は荒れそうで自制している。貧乏徳利だけは別で、春の菜の花、夏のヒマワリ、秋のコスモス、冬のポインセチア、今や何でも抱き込む花びんである。
でも、たまには徳利に「見立て」てみようかしら。

あんみつは和風スイーツ？

ある日、担当編集者が言った。

「次回は、『スイーツ』について書くのはどうですか？」

私が返事をするまで、ほんの一瞬だが間があったらしい。彼女はそれに気づき、聞いた。

「スイーツはお嫌いですか？」

「大好きよ！　それで行きましょう」

私が大っ嫌いなのは「スイーツ」という言葉なのだ。これは『カネを積まれても使いたくない日本語』（朝日新聞出版）の中にも書いたが、「スイーツ」と誰もが当たり前に口にするようになったのは、いつからだろう。

確かに「スイーツ」はケーキ、アイスクリーム、プリン等々甘いものすべてに使えて便利だ。この言葉が出始めの頃、大福とかみたらし団子、あんみつなども「スイーツ」と呼ぶのかしらと思っていると、女性誌で「スイーツ」の特集をやっていた。大福やみたらし団子等々、日本の甘味は「和風スイーツ」だと。あきれて物も言えない。

大相撲で稀勢の里が横綱昇進を果たすと、多くの新聞や雑誌、テレビなどが、

「十九年ぶりの和製横綱が誕生しました」

と報じた。言葉に対して鈍感すぎる。横綱は本来、日本人のものである。外国人横綱が席捲（せっけん）しているとはいえ、和製横綱はおかしい。はじめから和のものであり、そこに誕生した外国人力士を「外国人横綱」と言うべきである。

もっとも、先日、六本木で見かけた幼児が、

「マミー、僕とダディはジェラートね」

と言うのを聞き、目の前が真っ暗になった。今に「あんみつ」は、「レッドビーンズ・ハニー」とでも呼ぶのか。何とおぞましい。

いい話もある。歌舞伎の故・坂東三津五郎さんが入院されていた時のことだ。若手歌舞伎役者四、五人が、テレビのインタビューを受けていた。

「三津五郎さんのお見舞いに行かれましたか」

という問いに、忘れもしない中村獅童さんが答えた。

「はい。行ってきました。水菓子なら食べられるかなと思って、持っていきました」

ああ、歌舞伎界はすごい。「水菓子」という美しい言葉を、こんなにヤンチャ盛りの若い人が自然に使うのだ。水菓子とは果物のことだが、昨今は「水菓子」はおろか、「果物」でさえあまり聞かない。「フルーツ」である。「水菓子」と比べ、何とつまらない表音文字か。

私は心臓病で倒れたことをきっかけに、六十歳を過ぎてから厨房に入るようになったわけだが、下手は下手なりに工夫したり、上手な人から教えてもらったりする。病気から九年目に入った今では、料理することが楽しい。

ところが、今もって一度も作ったことのないレパートリーがお菓子である。

私は和菓子党で、色々な和菓子を食べてきて、つくづく思ったのである。こればかりは和菓子職人が作ったものを食べたいと。むろん、友人知人には上手に和菓子を作る人たちもいるし、先生について長く学んでいる人もいる。彼女らの作は、さすがにおいしい。

これは私個人の考え方にすぎないし、反論も多かろうが、和菓子は味も姿も心意気も「職人芸」の範疇だと思うのである。和菓子職人の作ったものを食べると、本当に幸せを感じる。

「だって職人の和菓子は高いじゃないの。そんなお金ないわ」

と言うのはわかる。

だが、スーパーやコンビニの、発泡スチロールにパックされた桜餅。ビニール製の桜葉をはがして、それを三回食べるなら、長命寺の桜餅を一回食べる嬉しさというものは、確かにある。

季節の上生菓子、最中、羊羹、うぐいす餅、お汁粉、ドラ焼き、あん玉、葛切り等々、コンビニでも手に入るが、和菓子職人の手にかかったものは別の味がする。中には、「お母さんが愛情をこめて作ったものが、世界で一番おいしいのよ。内館さんは狭い考えで、お気の毒な方ね」

とせせら笑う人は必ずいる。だが、「お母さん」という立ち位置の人と、何もかもを同列にして考えるのは、発想が型通り過ぎる。

どんな世界にも、アマとプロがいて、プロは失敗しても「ご愛嬌、ご愛嬌」で許されない。そういうプロが作ったものは、味だけでなく幸せを届けてくれる気さえするのだ。それが対価というものではないか。

いつのことだったか、虎屋第十六代当主の黒川光朝さんの『菓子屋のざれ言』（虎屋）という本を読んだことがある。昔のことゆえ、一言一句は定かでないが、

「和菓子には決して強い匂いをつけません。それをすると、茶の匂いを殺してしまう。日本の茶道においては、洋菓子は匂いが強いので使いません。あくまでも茶が主、菓子は従なんです」

和菓子職人と和菓子に携わる人々の、矜持を感じた言葉だった。従の立場を徹底し、主を満たしてやる。何か武士道にも通ずる気がしたものだ。やるなぁ、和風スイーツ。もとい和菓子。

同書には、日本人は世界でも類がないほど匂いに敏感な国民だとあった。そのため、和菓子には塩漬けした桜葉や生姜、薄荷などでごくごく薄い匂いをつける。日本人はその程度の匂いでも季節を感じ、喜べるのである（念のためにですが、「ジンジャー」「ペパーミント」とおっしゃらないでくださいね。生姜と薄荷です）。

同書には次のような内容もあった。

「和菓子にはすべて名前がついています。季節にちなんだ名が多い。外国でも名前の

ついた菓子はありますが、それは偉人の名前とか名所旧跡とかですね。どんな小さな菓子にも季節の名をつけるのは日本くらいでしょう」

四季がくっきりと個性的な日本において、その季節にだけ出回る菓子に、ふさわしい名前を与え、職人が魂を入れて作る。菓子にしてみても、一人前に扱われたと思うだろう。

やはり「職人」と「お母さん」は両方すばらしく、比べてはならないジャンルのものだと思わされる。

今まで和菓子にあまり関心のなかった人でも、次の名前を知ると、「きれいね。日本らしい。食べてみたい」となるのではないか。

春の名前なら「葩餅（はなびら）」「玉椿」「春雨きんとん」「青丹（あおに）よし」「花衣」等々、美しい名ばかり。また、一緒くたに「春」とまとめず、各々の菓子は「一月から二月」とか「四月から五月」というように、細かく分けてある。春夏秋冬、すべてにそうだ。

夏なら「初かつを」「水ぼたん」「苔清水」「薄氷（うすらい）」等々があり、葛を使った涼し気な姿が菓子店に並ぶ。

秋になると「落葉」「初もみじ」「初雁」「秋雪」などの他、栗や柿を使った「栗まんじゅう」や「柿羊羹」も出回る。

冬には「家喜芋(やきいも)」という縁起のいい名前の薯蕷(じょうよ)まんじゅうがあり、「越乃雪」「冬木立」「風花」など四季に恵まれた日本ならではの名である。

中でも私が特に驚いたのが「木守(きまもり)」という名前である。冬になると葉がすっかり枯れ落ちた柿や柚子の木を見かける。だが、その中にひとつだけ実を残している枯れ木があるものだ。このたったひとつの実が「木守」である。来年の収穫を願う「幸魂(さちだま)信仰」だという。「来年まで淋しい木を守ってね」という意味もあるのだろうか。

今ではこの風習はもとより、「木守」という名前さえ死語だろう。それでも、和菓子界では、この情緒あふれる名を菓子につけるのだ。何と繊細なことだろう。「和風スイーツ」なる言葉の鈍感さを恥じるべきだ。

私は横綱審議委員だった時、毎場所後に開催される定例会議に出ていた。その時、各委員の前に置かれるのは、決まって季節の和菓子と日本茶だった。私の任期十年間に、紅茶とクッキーや、コーヒーとケーキが出たことは一度たりともない。

初場所後の「葩餅」、五月場所後の「水ぼたん」、名古屋場所後の「涼風」など、それはみごとなラインナップだった。おそらく、相撲協会の若い女性スタッフが用意するのだろう。
ああ、歌舞伎界と同じに相撲界もすごい。何度そう思ったことか。

ごはん党も脱帽！　今どきのパン事情

私は大変な「ごはん党」で、ごはんをおかずにしてごはんが食べられるほどである。

レストランでも、

「パンかライス、どちらになさいますか」

と聞かれると、

「ごはんッ」

と答える。「ライス」なんて横文字をよく使えるものだ。「ライス」にはふっくらと炊いた輝くお米のおいしさが、まったく出ていないではないか。

仕事などで全国各地を回ると、ごはん党は血沸き肉躍る。いわゆる「郷土料理」と呼ばれるものに、ごはんが何と合うことか。聞けばかなりの確率で、お米はその土地のものだったりする。「米どころ」と言うとつい、新潟、北海道、秋田などを思い浮かべるが、たとえば滋賀や徳島や福井や鹿児島や、「米どころ」とは言われない土地のごはんが、これまたおいしいのだ。

こうも「ごはん命」の私だが、ある時、「岩手日報」でパンの記事が目に留まった。岩手県花巻市の「石窯パン工房ミッシェル」が、県産小麦「銀河のちから」を使って作った新製品完成の記事だった。

それは「グレインレーズン」と名づけられたぶどうパンである。レーズンだけでなく、アマランサスや小麦胚芽など数々の雑穀がギッシリと入っているという。同店の高橋宏彰社長は、それに堪えうる生地について語っている。

「従来の小麦では不可能で、『銀河のちから』のおかげだ」

私はパンにはこだわりがないのだが、ぶどうパンと食パンにはある。記事を読んで何としても食べたくなった。そして、盛岡市在住の脚本家・道又力(みちまたつとむ)さんに、グレインレーズンと食パンを送ってほしいと頼んだのである。すると彼は「来週、ちょうど花巻に行くよ」と言うではないか。オオ、ラッキー。

後日、グレインレーズンを三本と、五斤はありそうな長い食パンを一本と、山型のイギリスパンが届いたのである。この量、ほとんどヤケっぱちだ。そして、

「プレゼントするよ。ヤケついで」

と言うではないか。オオ、ラッキー。

グレインレーズンに玉ねぎのスライスとチーズをのせて焼くと、これが絶品。食パンは厚めに切ってトーストし、ママレードを塗る。あるいはトーストにバナナをのせる。「食レポ」の定番セリフのようで、書くのも恥ずかしいが、「外はカリカリ、中はしっとり。県産小麦の力と甘みがお口いっぱいに広がります」である。

私は毎朝、お口いっぱいに広げながら、ごはん党として気がついた。

日本は全国津々浦々、どこで何を食べてもおいしい。同じに高レベルである。

これを当たり前だと思っているが、決してそうではない。欧米やアジア諸国に暮らしていた友人たちは、よく言っている。

「僕は都会にいたからいいけど、地方に行くと食べ物の味は……お話にならない」

「ああ、日本はいいわァ。大都市も地方も同じにおいしいもの。こんなに全国が同レベルの国、日本くらいだと思うわよ」

すると先日、テレビの情報番組で食パン専門店を紹介していた。食パンに特化した店だ。焼きたての各種食パンが店中にあふれているが、すぐに売り切れるという。客

の一人は、

「おいしいパン屋さんはどこにもありますけど、やっぱり食パン専門店のパンは病みつきになります。そのまま食べられるおいしさです」。

そうか、パンをおかずにパンが食べられるおいしさか。日本はどんどん贅沢になっていると思っていると、本書の担当編集者からびっくりする手紙が届いた。

「会社の近くに『食ぱん道』という食パン専門店ができました。使っている小麦別で、食パン数種が販売されています。今や消費者はどんな小麦を使っているかにまで関心が向いているんですね。深まっています」

確かに、前述のグレインレーズンは、小麦粉が「銀河のちから」だからこそ、おいしくできた。とは言え、日本のパン事情はすごいことになっている。元々は「ごはん」の国でありながら、今や消費者は小麦粉にまでこだわる。

おいしいものを食べて、「ああ幸せ」と思うことは、何よりも生きる力になる。だが、こんなにも口が肥えて、際限なく深まっていき、「この先、どうなっちゃうんだろうか……」と思うことも確かだ。

おそらく、おそらくだが食べるものは「自分で作る」という方向に戻るのではないか。

どんどん口が肥えて、どんどん味が深化して、とどまるところを知らなくなると、今度は自分で作る面白さ、レシピを工夫するときめき、バリエーションを考える楽しさなどに戻るように思う。味はどうあれだ。友人同士で作っては取り換えっこしたり、斬新なパンを焼いて家族を驚かせたり、家庭の基本に戻りそうな気がする。プロが作るパンの味を知っているだけに、比べるという不粋はするまい。別物として楽しみ、喜ぶ。そんな大人の立脚点は悪くない。

そう思っている時、いい本に出合った。『ぐるまぜパン』（ヤミー　主婦の友社）という一冊。副題が「ぐるっとまぜて、どかんと焼くだけ！」である。読んで驚いたのだが、ドライイーストも使わず、こねることもせず、簡単に焼きたてパンができあがるそうだ。

今後、「自分で作る」という方向に行くにせよ、多くの人は面倒くさいのはパスだろう。家庭の基本に戻るといっても、中高年はうんざりするほど長く厨房に立ってきた。「また色々とやるのはゴメンだわ」が本音だと思う。おいしいパンは買うから、それとは別の楽しさを持つパンを「簡単に」作りたい。これだろう。

同書を読み、あまりに簡単で、さすがのごはん党もちょっと作ってみるかとなった。

そこで気の変わらぬうちに、近くのスーパーで、薄力粉とベーキングパウダーを買ってきた。ベーキングパウダーを買うことなど、一生ないと思っていたので、変に嬉しい。まずはヤミーさん伝授の基本の「**クイックブレッド**」である。

・用意するもの（直径約15cm 1個分）

A　薄力粉200g
　ベーキングパウダー小さじ1
　砂糖小さじ1　塩小さじ1/8

B　プレーンヨーグルト大さじ2
　水1/2カップ　サラダ油大さじ1

薄力粉（仕上げ用）適量

・準備　トースターのトレーにアルミホイルを敷き、サラダ油（分量外）を薄く塗る。

・作り方

❶ボウルにAを入れて菜箸でまぜ合わせる。

❷①のまん中をくぼませて、Bを加える。

❸②をゴムべらで内側から徐々にくずしながらまぜる。
❹準備したトレーに、③を丸く盛り上げるようにこんもりとのせる。
❺茶こしで薄力粉（仕上げ用）を、④の全体に振る。
❻包丁で⑤に十文字の切り目を入れる。
❼予熱したトースターで15分焼く。
❽途中、５分ほど焼いたらアルミホイルをかぶせ、残りの10分焼いてできあがり。

これが基本のパンだが、嘘ではなく、私にもちゃんと焼けたのである。どこか素朴な味わいだ。ココアやポタージュスープに合わせると、まんざらでもない。

ヤミーさんは基本のパンのバリエーションとして、水のかわりにトマトジュースやインスタントコーヒーを使う方法も紹介している。私はトマトジュースにバジルを加えたり、コーヒーに干しぶどうを加えたりしてみた。おいしい！　こういう工夫がときめくんだわァ。

同書には、他にも「豆」「オリーブ&アンチョビ」「ハムコーン」「ごまあん」等々が紹介されている。どれもそそられる。つい調子にのって、すき焼きの残りの汁気を切ってまぜたら、「私って料理の天才か」と思うほどの味だった。
これからは「ごはん」と「パン」の二刀流で行く。

節分に、鬼もあきれるこの裏技

友人たちが、いつも笑う。

「あなたって『日本の年中行事』に命かけてるわよね」

そうなのだ。西洋の行事、たとえばバレンタインもハロウィンもクリスマスも、何もやらない。だが、日本の庶民の間にずっと伝わってきた民俗的な行事、それはよほどのことがない限り、必ずやる。

これらはみな、健康や幸せを願う行事で、本来は旧暦でやるものだが、わかりにくいので、私は新暦である。

一月 松飾りや鏡餅を供えるのは当然として、欠かさないものは七草がゆ。

以前は、缶詰のおかゆに七草を適当に入れていた。しかし、料理にめざめた今は、一月六日の晩に七草を俎板（まないた）の上で叩く。その時、昔から伝わっているという鳥追い歌までくちずさむ。
「七種なずな唐土の鳥が日本の土地に渡らぬ先に……」
二月　節分の豆まき。イワシを食べる。
節分の日、前に住んでいたマンションでは、柊の枝にイワシの頭を刺してドアにつけていた。これは民間伝承の魔除けである。ところが、管理人から「猫が来るからやめてくれ」と言われてしまった。
節分にイワシを食べる風習は昔からあったそうで、私はイワシ缶でサラダやオムレツを作ることが多い。
三月　雛祭り。春分のぼた餅を作る。
四月　花祭り。
八日、釈迦の誕生日を祝い、釈迦像に甘茶をかけて安全と健康を願う行事である。古道具屋で小さな青銅の水皿を見つけた。まん中に唯我独尊の姿をした小さな釈迦が立っている。以来、紅茶をかけている。
五月　端午の節句。菖蒲湯。
六月　この月は何もなし。

七月　七夕。土用のウナギ料理。土用の丑湯(うしゆ)。

小さい小さい笹を花屋で買い、願いごとを書いた短冊をつけ、玄関内に飾る。丑湯は昔からの風習だとされ、ゲンノショウコとかヨモギ、ドクダミなどを入れた薬湯に入ったという。現在なら、カモミールやペパーミントなどがいいと何かで読み、私はベランダで育てた薄荷を山ほど入れる。

日本の行事なので、ペパーミントなんぞという横文字は絶対に使わない。

八月　盆棚と野菜の牛馬作り。

私流にアレンジした棚だが、会席盆に懐紙を敷き、十六ささげと盆花を置く。ナスやキュウリにマッチ棒を四本刺して足にし、牛や馬を作って供える。これは死者の送迎用である。

九月　菊の節句。秋分のおはぎを作る。

節句は九日。菊を使う料理を作るのだが、私はレパートリーに乏しく、干し菊のお浸しや春菊と牛肉の炒め物など。また、これは好き嫌いがありそうだが、戻した干し菊を炊きたてのごはんにまぜ、白胡麻と刻み海苔をかける。そして、菊の花びらを浮かべた日本酒はとても風情がある。

十月　十五夜。

　白玉粉で団子を作り、ススキやオミナエシなどと共に、満月に供える。

十一月　この月は何もなし。

十二月　柚子湯。

　冬至の柚子湯は、五月の菖蒲湯、七月の土用の丑湯と共に必須。柚子湯には禊(みそぎ)の意味があるとも言われる。

　この日は柚子テイストの入浴剤ではなく、必ずナマの柚子。ガーゼで包んだりせず、丸ごと十個ほど浮かべる。テレビで銭湯がそうやっているのを見て以来だ。それはそれは気持ちがいい。その湯の中で、一年の禊をするのである。

　これら、日本の年中行事をやると、四季の移り変わりが体にしみわたる気がする。「あ、夏が来た」とか「もう菊か……」とか、それは日本の美しさと風情を再認識させてくれる。昔の日本人は、きっと誰もがこうやって安全と健康を祈ってきたのだろう。

　読者の方々の中には「こんなに日本の年中行事が好きな人が、大切なことを忘れてるじゃないの」と思われる人があろう。「そうよ、恵方巻を忘れてるわよ。節分はまず恵方巻でしょうよ」と。

実際、忘れるくらい恵方巻には関心がなく、食べたこともない。だが、今や「節分に食べると縁起がよいとされる太巻き」であると、誰もが知っている。

『大辞林』によると、「節分の夜に恵方に向かって、海苔巻きを一本丸ごと切らずに食べる。まるかぶり寿司。江戸末期大坂船場に始まる」という。

丸ごと一本の海苔巻きを食べている間は、決してしゃべらず、心の中で願いごとをとなえると叶うと言われている。

とても面白いと思うが、どうも騒々しくて好まない。無言で食べるのに何が騒々しいのだと言われるとその通りなのだが、私が挙げた一月からの行事に比べると、どうも色あいが違う。

ここに、とても面白い論文がある。

「現代人における年中行事と見出される意味―恵方巻を事例として―」(『比較民俗研究』23。2009年3月号)

日本民俗学会の沓沢(くつざわ)博行氏の論文だが、それによると、この新しい年中行事は一気に広まり、認知されたという。

ミツカングループが二〇〇五年二月に行ったアンケートでは、恵方巻を知っていると答えた人の割合は全国で八八パーセント。実際に食べた人も六二パーセントに上っている。二〇〇五年には日本人の約九割が知っていて、約六割が節分の夜に同方向を向いて太巻きを頰張っている図は恐ろしいほどだ。

さらに驚いたのは、「恵方巻」なる名前はセブン－イレブンがつけたという。セブン－イレブンで商品名を「恵方巻」としたところ、現在ではその呼び方が当たり前になってしまった。

私を含め、多くの人は発祥の昔からある名前だと思っていたのではないか。しかし、論文によるとそれまでは「節分の巻きずし」とか「幸運巻ずし」とか呼ばれていたらしい。「恵方巻」という名について、沓沢氏は書いている。

「どこか聞きなれない新しさと、歴史性を有したこの絶妙な命名が、この行事を全国区にする上で重要な役割を果たしたのだと筆者は考察している」

確かに、それまでの私たちの日常生活に「恵方（その年の干支によってよいとされる方角）」という言葉はなかったのではないか。もしも、これが「ハッピーロール」とか「ラッキーＳＵＳＨＩ」とかならどうだったか。セブン－イレブンは二〇〇五年には三〇〇万本を超えて売り上げたというが、そんな名では売れなかったと思う。間違いなく「絶妙なネーミング」だった。

論文では恵方巻の歴史についても触れているが、これが面白い。

発祥はどうやら「江戸末期から明治にかけて」という説があるが、ハッキリしてはいないそうだ。多くの説がある中で、昭和七（一九三二）年に大阪天満の「本　福寿司」が発行したチラシには、ハッキリと「巻寿司と福の神　節分の日に丸かぶり」と書かれていた。そして、どうも大阪船場で始まったことではないかという。

その後、大阪の海苔販売業者たちの組織が、何とか海苔の消費を増やそうと、節分の巻き寿司を東京に売り込んだ。しかし、まったくダメで、組織の中心人物・山路昌彦氏は言った。

「まったくウケなかった。やっぱり東京は粋が大事なんやと思った」

これを知った時、私がどうも騒々しいと感じた理由の一端に気づいた。大阪の明るく活気があってユーモラスでもある文化が、私の好きな年中行事と匂いが違ったのだ。沓沢氏が「新しい年中行事の受容には受け手側の論理が重要であり」と書く通りだ。東京の年中行事は「粋」で、大阪の「論理」と合わなかった。

関西で大成功した巻き寿司を全国へと広めたのは、一九八〇年代から激増したコンビニである。今では東京はじめ全国で節分行事として取り入れられ、デパートでもスーパーでも派手に売り、予約をとるほどになった。恵方巻の持つ大らかでユーモラスな大阪文化に、全国の受け手側が価値を見出した。年中行事に、そんな論理が受け入れられる時代になったということだ。

今年は私も恵方巻を作ろうかなと、浪速っ子の友人に電話すると、言われた。

「具は縁起がええから七種入れんとあかんよ。けどな、面倒くさいよって、私は最近ではギョーザ巻いとるんよ」

「ギョーザ？　ギョーザの恵方巻？」

「そや。ギョーザはニラ、キャベツ、にんにく、豚肉とこれだけで四種稼げるやん」

大阪文化、さすがの裏技である。この深い懐（ふところ）、粋がってる東京とはまるで違う。私もギョーザを巻くわ！

第三章

おいしさを増幅する〝懐かしさ〟

これまでの人生で、一番おいしかった

ある寒い夜、同年代の友人たちと鍋を囲んでいると、一人が言った。

「鍋とかすき焼きの最後に、野菜や肉が煮詰まってギトギトになるじゃない。私ね、あれを白いごはんの上にのっけて食べるのが何より好きなのよ」

そして、半ばそうなりつつある具材を鍋の端に寄せた。

「これ、私のだからとらないでよ」

別の一人が笑った。

「この人、立派なすき焼き店でもこうよ」

「だって、私が小学校の頃に父が急死したでしょ。母は苦労したの。なのに兄が中学に入る時、牛肉買ってすき焼きで祝ってくれたのよ。後で気づいたんだけど、母はほとんど食べないで子供に食べさせてるのよね」

そして、最後に残った煮詰まった具材を、ごはんの上にのせて食べていたという。

「おいしそうに食べるから、私が『少しちょうだい』って。野菜のシッポとシラタキの端っこだけだったけど、母の茶碗から食べたの。あの味、今もって忘れられない。何度も安い醬油と安い砂糖で作ってみたけど、あの時の味は再現できないわね……」

ここから、私たちの話題は「これまでの人生で、一番おいしかったもの」になった。

一人は、小学校の遠足で高尾山に登った時のジュースだという。ぬるい水筒の水で溶かした粉末ジュースである。

「途中でバテた私を担任が背負って、頂上でガキ大将だった子が自分用の粉末で作ってくれたのよ。びっくりしたけどゴクゴク飲んで、バテた体に水がしみわたっていく感じ、ハッキリ覚えてる。あの粉末ジュース、人生で一番だといつも思う」

もう一人は、都内の一流フランス料理店のフォアグラステーキを挙げた。亡き夫と最後の結婚記念日を祝った時の料理だという。

「夫は自分が長くないってわかっていて、私に『一度ここのフォアグラ、食べさせたかったんだ』って。この日は夫も小さいのを全部食べて、ワインも飲んで。あんなおいしいフォアグラ、二度とない」

彼女たちと話していると、よくわかる。「これまでの人生で、一番おいしかったもの」には、ドラマがあるのだ。料理や食材が、自分自身のドラマと一体になっている。そのため、一流店のフォアグラからぬるい粉末ジュースまでが、同列に挙げられる。

誰にとっても、食べ物はドラマを持つ。食べ物の力を感じる。

私自身は、昭和二十九年か三十年だったかの夏休みに食べたトマト。あれを上回るおいしさのものには出合ったことがない。

その頃、私は小学一年生だったろうか。新潟市の沼垂（ぬったり）という町に住んでいた。遊び道具はほとんどない時代であり、夏休みはカンカン照りの戸外で、虫採りやゴム跳びなどをする子供があふれていた。

その夏の日、友達数人と隠れんぼをしていた私は、鬼に見つからないようにトマト畑にひそんだ。小さな畑が町の至るところにあり、人々は日々の食卓を自給自足で補っていた。

私は粗末な木綿の服が張りつくほど全身に汗をかき、トマト畑の茂みにしゃがんだ。鬼は来ない。ふと見ると、目の前に熟れたトマトがあった。ひとつもぎ取り、スカートで拭いてかじった。

見上げると、茂みの上に夏空が広がっていた。戦後九年かそこらの、強烈に青い空だった。私は緑の葉かげで真っ赤なトマトをかじり、青い夏空を見ていた。

あの時のトマトの味を超えるものには、一度たりとも出合っていない。

ここにもドラマがある。終戦から間もない貧しい日本、やせて粗末な服で遊び回る子供たち、敗戦国に似合う悲しいほどの青空、おそらくトマトの原種に近いであろう真っ赤な実。すべて、大人になって思い当たったことだが、あのドラマはトマトと一体になっていた。

そして今、厨房に入るようになった私は、初めて気づいたのである。最近の野菜って、どうしてこんなに味がマイルドなの？

青臭さが失せ、えぐみが失せた。辛みも苦みも淡くなり、味のトンガリやアクが失せた。葉も実も柔らかくなり、すぐ煮える。

かつて、子供が嫌う野菜の上位はピーマン、にんじん、ほうれん草だっただろう。どれもえぐみがあり、独特の臭みが強烈だった。キュウリもトマトも、もっと硬くて青臭かったし、大根はもっと辛かった。ごぼうはもっともっと土臭かった。言うなれば、野菜はどれも自身の強烈な個性を顕（あら）わにしていた。それは洗練されずに粗野な味ではあった。

小学校の栄養士をしている友人が、言っていたことがある。

「今、トマトやピーマン、にんじんを嫌う子が減っているの。食べやすくなったからね。にんじんゼリーを作って、オレンジソースをかけて出すでしょ。子供はオレンジゼリーだとだまされて、大喜びで食べるわよ。昔のにんじんならあり得ないわね」

そして、ため息と共にもらした。

「好き嫌いがなくなるのは、いいことよ。でもねえ、こんなに優しい味の野菜や果物ばかり食べていると、人間がヤワになる気がしてね。万人に好かれるように品種改良した結果だと思うけど、いいことなのかしらね」

今の世は、「人間、ナンバーワンよりオンリーワン」をもてはやす。個性、個性、個性が大切と言う。ならばなぜ、その考えを野菜や果物には当てはめないのか。オレンジソースをかけるとわからなくなるにんじんは、オンリーワンの資質を奪われたということだ。このままで行くと、今にごぼうとピーマンの区別がつかなくなるかもしれない。人間にだけオンリーワンが通じるのか。それは違うだろう。

もちろん、病人や老人を考えると、今の野菜の方がずっといい。しかし、そうでない人間までをヤワにする必要はない。

二〇一四年、私は仕事でカンボジアに行った。首都プノンペンから悪路を車で七時間も入ったところにある村だ。タサエンという、その村には水道も電気も一部にしか通っていない。衛生状態も日本人なら後じさりするほどよくない。村民の多くが暮らすのは、高床式の小屋。狭く、日が入らない。だが、人々は明るく元気で、優しい。

私たちが訪ねた中の一軒は、家族七人で非常に貧しかった。なのに、自分たちが食べるトウモロコシを茹(ゆ)で、歓迎の気持ちだとして手渡された。一家七人の大切な食料なので固辞したのだが、食べてほしいと澄んだ目で言う。

私たちはありがたく厚意を受けた。ところが、日本のスイートコーンに慣れ切った口には、とても食べられない。私だけでなく、一緒に行ったスタッフたちもだ。ムチムチした食感で、味のないイモのよう。大家族の夕食を頂いたのだからと頑張っても、誰もが一本の半分も食べられなかった。

さらに思い出したのは、中国の雲南省に行った時のことだ。小学生らしき男の子たちが、焼きトウモロコシをかじりながら遊んでいた。私も一本買ってみると、小さな粒で石の如く硬く、とても食べられない。生まれた時からスイートコーンやマイルドな野菜に慣れている日本の子供は、世界でやっていけるだろうかと思ったものである。

さりとて、現実問題として、昭和時代のようなトンガリとアクの強い野菜に戻すことは無理だろう。カンボジアや中国のトウモロコシ同様に、とても食べられまい。私たちはアッという間に「お口に優しい」味に慣れ切ってしまったのだ。

ここでまた、山本益博さんの言葉を思い出す。

「野菜の味が昭和とは違ってしまったことは確かで、僕もそれがいいとは思わない。でも、もっと悪いのはそういう野菜を料理する時、調味料を使い過ぎることですよ。バター、ケチャップ、ソース類、マヨネーズなんかで濃く味つけするでしょう。調味料は食材をコーティングしてるんですよ。その強い人工の味に慣れると、ますます使わないと物足りなくなる。どんどん濃くなる。自分で料理するなら、まずコーティングをうんと控えること。マイルドな野菜にだって、本来の味を感じると思いますよ」

後日、料理関係者に言われた。

「トマトをヘタごと食べてみて。今のトマトでも、種類によってはヘタは青臭いからね。昭和のトマトの味が少しは戻るよ。うちは子供にもヘタごと食べさせてる」

よく洗ってやってみた。確かに少し戻る。

以来、私はトマト料理にはヘタを細かく切り、一緒に煮込んだり、柔らかいヘタならナマのまま振りかけたりする。鍋を囲んだ日も、ヘタ入りサラダだった。すると、粉末ジュースの彼女が言った。

「最近の一〇〇パーセント果汁とかのジュースを、粉末ジュースの味にする手、ないかしら。聞いてみてよ」

恥ずかしくて聞けません。

「男の料理」は非日常

ある土曜日、女友達のA子から電話があった。北海道から届いたホタテとエビで、おいしいカレーを作るからと、ランチのお誘いだった。B子にも声をかけたという。その昼、とびっきりのカレーとワインで盛り上がっている最中、突然B子が声を落とした。

「うちの夫、何よりカレーが好きでね。でも目玉焼ひとつ作れないのよ。私が死んだら心配だから、今から少し料理をやるようにいつも言うんだけど、ダメなの……」

三人の中で、B子だけが結婚している。子供たちはとうに独立して、夫婦二人の暮らしである。B子はグダグダと愚痴り、

「本当に心配で、残して死ねないわよ」

とため息をつくので、私は言った。

「大丈夫大丈夫。全然心配ないって」

するとA子がすかさず断じた。

「そ。心配無用。ダンナはアータが死んだらすぐ若い女と再婚するってば」

読者の皆様、これ私が言ったのではありません！　A子ですから。

私が「心配ない」と言ったのは、料理に限らずほとんどのことは、必要に迫られてから始めても、十分に間に合うと思うからである。プロになるわけではないのだ。趣味としてとか老後の生き甲斐としてとか、また必要に迫られてというレベルの習得なら、その場に立ってからで十分間に合う。反論もあろうが、私はそう思う。

A子は定年後、突然、ゼロから謡（うたい）を始めた。会社の役員だった彼女は、仕事とゴルフ以外はない人生だった。仕事抜きの友達も少ない。いざ定年になると、あり余る一人の時間を持て余し、やむにやまれず趣味にしたのが謡だ。それが今では同じ流派のおさらい会に出たり、仕舞まで習い始めた。友達もでき、世界が広がったという。

私も本書のタイトル通り、還暦から料理を始めた。病気をして、必要に迫られたからである。それまでは『食べるのが好き　飲むのも好き　料理は嫌い』（講談社文庫）という神をも畏（おそ）れぬタイトルの本を出したほど、何もやらなかった。現在、他人様（ひとさま）にはふるまえないものの、自分がおいしく食べるレベルには何とか到達した。

「夫を残して死ねない」と嘆く妻の気持ちはわかるが、幸か不幸か心配は一切いらない。預金通帳やハンコのことだの、その他諸々の雑事についても、その場に立てば周囲の力を借りてすぐにクリアするものだ。むろん、妻を失った淋しさとは別の、事務処理の話である。

料理や趣味にしてもしかりだ。妻は無趣味な夫の定年後を心配し、早いうちから油絵を始めろとか、ソバ打ちはどうかなどと言いがちである。また、料理を習えとか町内会の集まりで人脈を作れとか、それらも、一人残された場合の夫への愛情だ。転ばぬ先の杖を持たせたい。

だが、夫にしてみれば、四十代半ばからの約十年間は、たぶん最も仕事が面白く、最もスリリングな時期だ。一分一秒でも仕事のことを考えていたい。それを「ワーカホリック」と決めつけるのは貧困な考え方である。仕事が何より面白い時期は男にも女にもあるのだ。その時期に、やりたくもない料理を習ったり、無理に趣味を見つけたりするのは、人生の無駄。いずれ必ず「毎日が大型連休」の年代に入るのだから、その時にやればいいというのが、私の考えである。

ただ、料理に関しては、私の周囲の男たちを見る限り、二種類に分かれると気づく。本当に料理が好きで好きで、仕事がどんなに多忙でも合間を縫って、料理教室に通ったりする男たちがいる。また、休日は三食とも家族の食事を作り、買い出しから後片づけまで、とにかく心弾むという男たちがいる。もう一方は、まったく作れず、妻亡き後も外食ばかりの男たちである。

私の周りでは、実は圧倒的に「料理が好き」という男たちが多い。

実際、仕事で都内のホテルに缶詰めになった私に、男友達の一人は夕食を届けてくれた。青エンドウの豆ごはん、トマトとワカメと卵の味噌汁、コールスロー、主菜は牛肉のすき焼き風煮だった。あまりのおいしさに、つい「明日もお願い」と口走り、あわてて引っこめたのだが、本人は大喜びで翌日も配達してくれた。

また、高校の元女子同級生の母親は長い入院を経て退院したが、まったく食欲が出ない。当然ながら体力が戻らず、寝ているだけの日々。そんな中、その同級生の弟が大の料理好きで、ロールキャベツ、けんちん煮、酢豚、カニ玉、サーモンのクリームシチュー等々、大張り切りで作り続けたという。それも、医師や栄養士と相談し、塩分やら脂質やらを控えつつ、味は変わらぬように工夫したというから大変だ。ところが、その弟は嬉しそうに言った。

「僕が作るとお袋、よく食べるんですよ。それも嬉しいけど、微量に決められた塩分をどう工夫しておいしくしようかとか、リゾットにすればチーズもたっぷり摂れるなとか、考えるのが面白くて」

姉である元同級生は苦笑した。

「男ってホントに夢中で料理作るよね。何がそんなに面白いんだか」

すると、弟はこともなげに答えたのだ。

「非日常なんだよね。男にとって料理って」

それを聞くなり、元同級生は声をあげた。

「それだ、それ。私なんか主婦として母親として、もう四十年以上も料理作ってきて、日常なのよ。正直飽きた。何より外ごはんが好きよ。なるほどねえ、うちの弟もマキコも、結局は料理が非日常だから面白がってやれるんだ」

当然、私は反論した。

「私は今や、アナタ、料理は日常よ」

「フン、還暦から始めたんだから、まだ非日常よ。こっちは四十年以上やってきたのよ。デカい口叩くんじゃない」

はい。

私は「非日常」という言葉を聞いた時、「料理より仕事」という年代の男たちの、今現在やるべき一方向が見えた気がした。

それは「非日常の時だけ料理をやる」という方向だ。

私の男友達の一人は京都出身で、やはり父親は仕事仕事だったそうだ。むろん、料理など無縁である。ところが、父親が三十代後半の正月に突然、白味噌で雑煮を作ってくれたという。

「鶏肉でだしを取って、京野菜の茎大根を輪切りにしたものを入れただけの、シンプルな京風雑煮だったけど、初めてのことで僕ら子供たちは嬉しくて嬉しくて」

あまりのおいしさと嬉しさに、以来、雑煮という非日常食は「父の料理」になった。すでに亡くなって三十六年もたつそうだが、台所に立つ父親の姿と共に、あの味を忘れたことはないという。何度も再現を試みたができないと懐かしむ。

また、私の親戚の姉妹は、母親が急に帰ってこられなくなった夜のことを今でも言う。姉妹はまだ小学生。同居の祖父は料理などしたこともない。だが、孫娘に何か食べさせねばとカレーを作った。カレールウの箱に書いてある通りに作ったものの、食べられないほどのまずさだった。

すると祖父は、炊きたての白いごはんを使ってカレーチャーハンにした。これがおいしくておいしくて、三人でお釜をカラにするほど食べたそうだ。姉妹は言う。

「お祖父ちゃん、チャーハンだって作ったことなかったのよ。とっさの判断だと思うけど、以来、家族のお誕生日とかテスト前とかは必ず『お祖父(じい)のカレーチャー』」

この祖父が晩年、体調を悪くして寝ている時、姉妹はすでに成人していたが、元気づけたくて、

「お祖父のカレーチャー、食べたい！」

とねだった。祖父は相好を崩し、懸命に起き上がると、台所で椅子に座って嬉しそうに作った。姉妹は思い出して微笑む。

「あれが最後だった。でも今でも特別な日になると必ず思い出すのよ」

私の父方の祖父は、生きていれば一三〇歳にもなる明治の男だが、父が幼い頃からすき焼きの味つけだけは誰にもさせなかったという。父はすき焼きを食べるたびに私たちにそのことを話していた。

世の忙しい男たちは、家族の心に鮮烈な姿を残すために、非日常の時だけの一品を作ることから始めてはどうか。

非日常であるだけに、日常的に作る母親や妻より、その姿も味も何十倍も家族の心に刻まれる。「男の料理」はトクである。

それに、非日常のそんな姿を家族が深く心に刻んでいれば、夫は妻が死んだからといってすぐに若い女と再婚はしない。読者の皆様、これは私が言ったんですからね。

初がつお食べた時から初夏が始まる

二十代後半の頃だったと思う。私や女友達には、憧れの女性がいた。私たちより三つ四つ、年上だった。

彼女は一流大学の英文科を出て、外資系商社で食料品のバイヤーとして、第一線に立っていた。英語とフランス語に堪能で、年のうち半分以上は欧米を飛び回っている人だった。

昭和五十年代に入るか入らないかという頃であり、彼女のようなキャリアウーマンを身近に見ることはめったになかった。欧米仕込みのファッションセンスも図抜けており、キリッとした化粧がまたよかった。私たちには、彼女の何もかもが憧れだったのである。

ある午後、たぶん休日だったと思うのだが、彼女と私たちは都心の街路樹の下を歩いていた。買い物か映画の帰りか、まったく覚えていないものの、街路樹の青葉がきれいだったことは目に浮かぶ。

というのは、彼女が青葉を見上げ、江戸時代の俳人・山口素堂の有名な句をつぶやいたのだ。

「目には青葉　山ほととぎす……」

そして、続けた。

「花がつお」

私と友人たちはギョッとし、心の中で「初がつおよ！」と思ったのだが、彼女は目を細めて青葉を見上げ、季節を楽しむかのようにゆっくりと繰り返した。

「目には青葉　山ほととぎす　花がつお」

その横顔には青葉の色が差し、それは美しかった。それを見た私は、もう「花がつおでいいわ」と思い、正さなかった。後で聞くと、友人たちもそう思ったと言う。

青葉の句が示すように、青葉の季節になると「初がつお」が出る。「初もの」である。

「初もの」とは「その季節に初めて出来た穀物・野菜・果実など」（広辞苑）の意味だが、江戸の昔から日本人は初もの好きだったそうだ。

そして、食べ物において、昔から初ものを「はしり」、旬を「出盛り」、終わる頃を「なごり」とも呼んできた。

それは人生に似ている。若い時代があり、力のみなぎる壮年期があり、老境に入る。そのすべてに個性を見ていればこそ、食べ物にも重ねられた。日本人のセンスは繊細だ。中でも「はしり」は高価なのに人気が高かったという。

特に江戸時代の江戸っ子は、常軌を逸するほどだったらしい。「初もの七十五日」という言葉が行き渡っており、初ものを食べると「七十五日長生きする」とされたという。わずか七十五日だが、短命だった時代にはありがたい縁起である。加えて、江戸っ子は短気で新しもの好きで見栄っ張りときている。

「出盛りまで待ってられっか。はしりは高えって？　上等よ。高くなけりゃ初ものじゃねえやい。誰よりも早く食わなきゃってんだよ」

と金策に駆け回り、必要な着物を質に置いてでも、初ものを食べたという。その頃は「初もの四天王」として、かつお、なす、松茸、鮭がありがたがられた。中でもダントツはかつお。それを証明する話がある。

文化九（一八一二）年の青葉の頃、お江戸日本橋の魚河岸に十七本の初がつおが入荷した。そのうち六本を将軍家が買い上げた。そして、三本を高級料亭の「八百善」が買った。この「八百善」、三本で二両一分を支払ったという。今のお金にして約十八万円である。一本六万円を出しても、将軍も料亭の客も初がつおを食べたいのだ。話はこれで終わらない。

残りの八本は魚屋に卸された。町の初もの好きが押し寄せる前に、歌舞伎役者の三代目中村歌右衛門が、いいところを一本購入した。これが三両。現代でいうなら、一本約二十四万円である。

歌右衛門は上方でも江戸でも大人気の、花形スターだ。値切るなんて気は毛頭なかっただろう。初がつおにポンと二十四万円を出す姿こそ、千両役者というもの。さらに、この初がつおを大部屋の役者たちに食べさせたという話も泣かせてくれる。

現代の日本人は、初ものにこだわる人はそう多くはないように思うが、それでもデザートにスイカが出ると、

「わ！　スイカ、今年初めてよッ」

と声があがるし、スーパーのサンマ祭りなどにも客は群がる。そして、

「高いけど……買うか。初ものだ」

と財布を開けるのはたいてい夫だ。妻はもう少し待てば「出盛り」になり、安く大量に出回ることを知っている。何も高価な初ものを食べなくても……と思う。

だが、初ものだけが「ワクワク感」を持っている。それは「これから世に出ていく若い力」を感じられることと無縁ではあるまい。初ものを食べることによって、自分にも力が与えられるような気になる。そう考えると、「初もの七十五日」という縁起も納得できる。

私は小学四、五年生の頃の光景を、今もハッキリと覚えている。

十一月頃だったはずだ。母の実家は秋田市土崎という港町にあり、私は遊びに行っていた。その時、祖父母の家のお手伝いさんが、勝手口から大声をあげて飛び込んできた。

「ハダハダあがったどォ！」

お勝手にいた祖母や女たちがどよめき、お手伝いさんはバケツを持って駆け出していった。

秋田訛（なまり）で「ハダハダ」と言うが、「ハタハタ」のことである。秋田の「県魚」であり、県民にとって別格の魚だ。何しろ、漢字で「鰰」と書く。神なのだ。荒波の日本海に雷が鳴り響く十一月頃に初ものがあがる。そのため、「鱩」とも書き、「雷魚（かみなりうお）」とも呼ばれる。人々は魚市場や魚屋に走り、奪い合うようにバケツや箱で買う。

その夜、祖母は囲炉裏（いろり）でハタハタを焼き、お手伝いさんは煮付けたり麹（こうじ）に漬けたりし、叔母たちは鍋を作った。そして、みんなで囲炉裏端に並び、かぶりついた。祖父の地酒がどんどん進む。囲炉裏端の誰もが嬉しそうに大口を開け、食べ尽くし、それは賑やかだった。あがったばかりの若い力が、ぐんぐんと体内に広がる嬉しさもあったのだろう。

私はこの時、たぶん初めて「初もの」の意味を知ったと思う。ワクワク感を隠そうともしない大人たちの姿と、子供の私まで一人前に扱ってもらったことを今も思い出す。子供にとって、ハタハタは決して食べやすいものではなかったが、絶対に残すまいと思ったこともだ。

ふと思う。大人と一緒に子供にも「初もの」を食べさせることは大切ではないか。価値もわからない子供に高価なものは不要と思うのも当然だが、私がそうされたように「初もの」の意味を教え、子供というものがいかに出盛りやなごりの人間に力を与えてくれているかを話す。「あなたは初ものの価値よ」と一人前に扱う。それを子供は必ず覚えている。そして、自分は愛されて育ったのだという思いに行きつく。

面白かったのは、私の秘書の話だ。彼女は宮崎出身なのだが、「初もの」と耳にするなり、即座に答えた。

「実家の庭のトウモロコシです！」

それは店に出回るものと違い、実がすべて黄色ではない。紫色の粒が点々と混じっており、モチモチした食感だという。

「母が庭から採ってきて、大鍋で茹でるんです。茹でる母の姿と、家族みんなでかじりながら、この季節が来たと感じたことを思い出します」

彼女の話を聞いて、「初もの」とは何も店に並ぶ高価なものばかりではないと気づかされていた。

庭の野菜、果物もそうなのだ。また、地方に住む友人たちは「新しい季節です」「佃煮にして娘のお弁当に入れました」などと書き、山のあけびや土手のつくしなどの絵手紙をくれる。これも「ワクワク感」があればこそ、絵にしてみんなに送る。

前述したように、初ものには「愛されている感」もある。子供たちも大部屋の役者たちも、初ものをふるまわれたことは忘れまい。

「目には青葉　山ほととぎす」に続く言葉は、それぞれの胸に咲く愛情の「花がつお」なのかもしれない。

泣けるほどおいしい飲み物があった

一年中で最も飲み物がおいしいのは、誰が考えても夏だろう。汗だくで自宅にたどりついた時の一杯の冷えた麦茶、スポーツの後の一杯の水、猛暑に飛び込んだ喫茶店でのアイスコーヒーなどのおいしさと言ったら。「ああ、生き返った……」と思った経験は、多くの人が持っていよう。

私が今までの中で、「こんなにおいしい飲み物、泣けてくる……」と思ったものがある。「すいかジュース」である。

約二十年ほど昔になるが、当時のＪＡＳ（日本エアシステム）の機内誌に連載するため、今は亡き写真家の管洋志（すがひろし）さんと、五年間にわたる中国、シルクロードの取材旅行をスタートさせた。

二〇〇一年に、西安に向かった時のことだ。兵馬俑（へいばよう）で有名なこの地は、今や世界中から観光客が訪れるが、少なくとも当時はまだ観光地化されておらず、観光客もあまりいなかった。

強烈な太陽の下、埃（ほこり）が舞い上がる道に露店がひしめき、店主も客も大声でやりとりする。それがさらに暑苦しい。その上、すいかや野菜をリヤカーに積めるだけ積んだ行商が、これも大声で売り歩く。

なかなか日本では目にできない狂騒に、私も他のスタッフもアゴを出していた時、アジア諸国で年の半分は暮らす管さんが、

「この店ですいかジュース飲もう」

と言った。

「店」といっても、ほとんど露店である。

管さんが勝手にすいかジュースを人数分オーダーしてしまったが、私はそれまですいかジュースを飲んだことがなかった。さっきまで地べたやリヤカーに積んであったすいかを、きっと衛生的とはいえないミキサーにかけ、チャチャッと洗ったコップに入れるのだろう。そう思うと、正直ビビる。だが、のどはカラカラだ。

無愛想な女店員が、すいかジュースを乱暴にテーブルに置いた。それは二十センチ

はある肉厚なガラスコップのてっぺんまで、ダブダブと入っていた。間違いなく炎天下に置かれたすいかだ。まったく冷えていない。人肌のジュースである。

腹をくくって一口飲み、うなった。おいしいの何の！　不衛生だろうが人肌だろうが、知っちゃいない。私は元々すいかが好きで好きで、夏になるとその消費が多くてエンゲル係数が上がるほどである。

それほどまでのすいか好きが、冷えた果肉を食べるよりおいしいと心底思った。

その後、西安から敦煌（とんこう）に向かい、続いて砂漠の中の町トルファン、世界で最も内陸といわれるウルムチへと入ったが、どこでもすいかジュースがある。どこでも人肌である。それでも私はもう「三度のメシよりすいかジュース」。すいかの青臭さと甘さが絶妙で、聞けば、中国の人は日常的に飲んでいるという。あちこちでゴクゴクとのどを鳴らす姿をどれほど見たか。

あれから十六年がたつが、以来、私はすいかが出回ると連日連夜のすいかジュースである。おいしくて、あっという間に一個丸々消える。エンゲル係数は天井知らずだ。

ぜひ試していただきたい。
❶すいかの果肉を適当な大きさに切る。

❷それをミキサーにかけてできあがり。

私はフードプロセッサーを使っている。水は一切入れる必要なし。

おそらく「種は取るのよね」と思う人があろうが、西安でも敦煌でも種なんか取っていなかったと思う。飲み干すと、コップの底にくだけた種が残っていたし、たとえ飲み込んだとしても、中国人は気にしないのだろう。さすが四千年の歴史を誇る民は豪快だ。

もっとも、名前も期日も思い出せないが、ある大学教授が「すいかの種には血圧降下の働きがあるので、種ごとミキサーにかけるとよい」と健康雑誌『壮快』で語っていたことを、ハッキリと覚えている。

たいてい、旅先で食べたものは帰宅して作ると、あまりおいしくない場合が多い。だが、すいかジュースは違う。食卓にたちどころに西安や敦煌がやってくる。ただ、そのおいしさ再現のためには、「人肌」「肉厚なコップ」「ダブダブ」。これである。高級感を出すと、西安も敦煌もやってこない。

とは言え、私も来客に出す時は高級仕立てにする。

まず、すいかでもメロンでも桃でも、果肉を巨峰の大きさに丸くくり抜く。それをバカラなどのいいグラスに入れる。そこによく冷えたすいかジュースを七分目（ダブダブではなく）ほど注ぎ、ペパーミントの葉を飾る。猛暑に訪ねてくる客はたいていが「おいしいねえ。うちでもやろう」と言う。

真夏に惚れ込んだ飲み物を、もうひとつご紹介したい。

「ジンジャーレモン水」である。

これは二〇一五年に、カンボジアのホテルで初めて飲んだ。

これも仕事で、女三人の旅だった。仕事の場所は首都プノンペンなどの大都会ではなく、タサエンという奥地である。周囲にはまだ地雷も多く埋まっており、水道や電気の通っていない地域もあった。そのかわり、夜になると満天の星がプラネタリウムそのものである。

ここで四日ほど過ごし、日本に帰るためにシェムリアップという大都市で一泊した。タサエンからデコボコ道を六時間以上も車に揺られ、都会の一流ホテルにたどりついた時、「ああ、何か飲みたい」となった。そして、ホテル内のゆったりしてシックなティールームに入ったのである。

アイスティーやアイスコーヒーなどを注文すると、その前に水が運ばれてきた。これは大きなガラスのピッチャーに入っており、客は自分で注いで飲む。テーブルに置かれたピッチャーを見て、私たち三人は声をあげた。

「きれーい！　何これ」

「これ、お水？　ワッ、冷えてるよ」

ガラスのピッチャー内で、ハーブやレモンが揺れている。涼し気でとても洒落ている。一口飲んで、そのおいしさにびっくりした。体のひとつひとつの細胞が生き返るような、オーバーではなくそれほどおいしかった。

その後で運ばれてきたアイスティーやアイスコーヒーなどそっちのけで、私たちはピッチャーの中をチェックし、メモした。帰ったらこれを作らない手はない。

❶皮をこそげ取ったしょうがを、薄く縦に切る。大サイズのしょうがなら3、4枚。増減はお好みで。

❷レモンを薄く輪切りにする。1個分。

❸生のペパーミントの葉と生のレモングラスの葉をひとつかみ。

❹①〜③をピッチャーに入れ、よく冷えた水を注ぐ。

氷は入っておらず、冷蔵庫でキリキリに冷やしているようだった。

帰って作ってみると、味が薄く、あの味にならない。そこで、しょうがもレモンもハーブも、ピッチャーの中で叩いたりつぶしたりしてみた。こうするとかなりあの味になる。

私は冷えた炭酸水にしてみたり、ほんの少しガムシロップを入れてみたりもするが、これもいける。

飲み物については、健康的な飲み方が色々と言われている。欧米や日本の大学、研究機関がしっかりしたデータに基づいて、適量の飲み物がもたらす効用を発表しているのは、ご承知の通りだ。

適量のコーヒーが心疾患やパーキンソン病など神経疾患の発病率を低くし、また、緑茶に含まれるカテキンは、呼吸器疾患や脳血管疾患などのリスクを下げるという。さらに、水の摂取が認知症の予防や、その症状を抑える効果があることも、最近は言われている。

ただ、健康ばかりを考えていては心が弾まない。疾病(しっぺい)リスクが減る飲み方を頭におきながらも、好きな時に、好きな人と、好きな飲み物を楽しく飲み、おしゃべりして笑い、心身を休めることも、お茶の大きな効果だと思う。

実際、多くの研究者たちが「お茶でリラックスすると、副交感神経の働きを高める。お茶を楽しむ習慣は大切だ」としている。

天気予報が「猛暑」という言葉を使い始めると、すいかジュースとジンジャーレモン水の出番は毎日だ。

お弁当、詰めるはおかずか愛情か?

私が中学生の時、隣席は母一人子一人の女生徒だった。昭和三十年代半ばのことで、社会はまだ貧しかったが、生徒たちの多くは母親手作りの弁当を持参していた。それはちょっと傾けると汁がこぼれるアルマイトの弁当箱に、粗末なおかずを詰めただけのものだ。だが、その女生徒はいつでも購買でパンを買っていた。母親は朝から晩まで働きづめなのだという。

ところがある日、彼女が弁当を持ってきた。お昼になると、それは嬉しそうにふたを開けた。隣席から何気なく見ると、白いごはんの上に、煮たさつまいもが二切れのっていた。それだけである。確かに貧しい時代ではあったが、あれはひどかった。パンの方がずっとマシに見えた。周囲の生徒たちも驚いたと思うが、彼女は恥じるでもなく、おいしそうに食べる。

それを見た一人が聞いた。

「パンとどっちがおいしい？」

今にして思えば、意地の悪い質問だが、私も聞きたいことだった。汁でベチャベチャの茶色いごはん、ブツ切りというようなさつまいも二切れである。

すると彼女は、持っていた箸で「こっち！」というように弁当を示した。質問した子も私も、これ以上何か言ってはならぬと思った。

子どもを抱えて、生きることに無我夢中な母親にしてみれば、それが精一杯だったのだろう。

愛情のこもった、きれいな手作り弁当がいいと言われるが、実は違う一面も私は見ている。

学生時代にアルバイトをしていた会社では、社員たちはみんな近くのソバ屋や定食屋に行って、お昼を食べていた。今のようにコンビニも出張販売の弁当屋もない中で、一人だけ妻の作った弁当を毎日食べている人がいた。お昼になると、他の人たちは外に出ていく。彼だけがオフィスの机で、弁当を広げる。

ある時、帰りが一緒になった私は、

「毎日、愛妻弁当でいいですね」

と言った。彼は首を振った。

「いや。みんなと一緒にソバ屋とか行きたいんだ、本当は。でも、経済的に……。いつも一人で女房の弁当食うって、結構みじめなものでさ。何か小さい男に見えるだろ？」

確かにその気持ちはわかる気もした。

また、高校生の息子を持つ女友達が、

「カッコ悪いから弁当やめて、パン代くれって言われちゃった……」

と嘆いていたが、息子の気持ちもわかる。

弁当への思いは、複雑なものなのだ。

私自身、「弁当」というと反射的に甦るシーンがある。四歳の時のことだ。私は母の作った弁当を持って、片道四十分の道のりを歩いて幼稚園に通っていた。スクールバスなどない時代である。

私は異常なまでに内気で、出席を取られても返事ができず、誰とも話せず、一人の友達もいなかった。他人と一緒に弁当が食べられず、カバンに入れたまま、うつむいている毎日である。

通園路の途中には木工所があり、大きな薄い板が何十本と立てかけてあった。私は毎日の帰り道、その板の陰に座り、弁当を開く。小さな小さな赤い弁当箱だった。母は毎日、カラの弁当箱を受け取り、喜んだ。わずか四歳ながら、残しては作った母が悲しむとわかっていたのだ。

やがて、私は団体生活に不適格として、退園勧告を受けた。もう板の陰で弁当を食べなくていいと思うだけで、本当に嬉しかった。

そして、脚本家になってからは、思わずうなった弁当がある。

それは中国・雲南省の昆明（こんめい）で食べた「過橋米線（かきょうべいせん）」だ。

米線とは、米の粉で作ったうどんのようなものである。それを鶏肉やモヤシ、にんじんなどたっぷりの野菜と一緒に、塩か醤油味のつゆで茹でる。次に、それを丼の三分の二くらいまで入れる。そして、その上部三分の一に、熱々の油を流すのである。米綫も野菜も、三センチはある「油のふた」によって隠れてしまう。

このいわば「油ギトギト線」を、昆明の店主が解説してくれた。

「これは昔の愛妻弁当だよ。雲南は寒冷地だから、普通の弁当はすぐにさめる。夫は極寒の中、橋を渡って遠くまで働きに行くから、妻は何とか熱い弁当を食べさせたかったんだよ。で、熱い油でふたをしたわけだ」

零下になる仕事場で、妻の熱い心を感じる弁当に、夫はどれほど力づけられただろう。油の下にうずめられた米線や鶏肉が出てくると、妻の顔が浮かんだに違いない。

実はそれと同じようなごはんが、日本にもある。弁当ではないのだが、島根に伝わる「うずめ飯」だ。

私はNHKの大河ドラマ「毛利元就」の脚本を書くため、幾度となく島根を取材した。ここは、毛利家よりも強大な尼子家が治めていた地である。

その取材の時、関係者宅にお昼に招かれた。焼き魚や酢の物など色々なおかずが並び、やがて小丼に盛られた真っ白いごはんが出された。汁椀は出ず、白いごはんだけ。それもレンゲが添えてある。

島根の人はレンゲでごはんを食べるのか？　まさかねえとスタッフと目で話しながら、レンゲでごはんをすくうや、

「ああッ！　何だ、これッ」

と、本当に一斉に声をあげた。ごはんの下に、豆腐やしいたけ、にんじんなどのとろみ煮とおろしワサビが隠されていたのだ。関係者は「してやったり」とばかりに言っ

た。

「『うずめ飯』といって、島根の郷土料理なんですよ。何でも江戸時代に厳しく贅沢を禁じられて、何種類もの野菜や肉は食べてはいけなかったそうです。それならごはんの下に隠してしまえって。庶民は強くて面白いですよねえ」

あの頃、私は台所に立ったこともなかったが、記憶を呼び起こして今では家で作る。友達に出すとみんな意外性に声をあげ、そしておいしがる。

〈**うずめ飯**〉

・作り方

❶にんじん、しいたけ、ごぼう、他に何でもありあわせの野菜と鶏肉を小さく切る。油揚げ、かまぼこ、里芋もよく合う。

❷鰹節、昆布、しいたけなどで取っただし400㎖の場合、濃い口醤油大さじ2・5、みりん大さじ1を入れ、①を加えてひと煮立ちさせる。

❸②に小さく賽の目に切った絹豆腐を加え、片栗粉でかためのトロみをつける。

❹小丼の底にセリを敷く。

❺③を小丼の半分ほど入れる。
❻その上にごはんをのせ、おろしワサビとちぎった海苔を置く。
❼⑥の上にさらにごはんをのせ、ワサビも海苔もすっかり隠してできあがり。

レンゲでごはんをすくうと、鶏肉やらセリやら次々に出てくる。もしかしたら遠い江戸の昔、妻は夫に栄養をつけさせたくて、周囲の目を盗んでうずめ飯の弁当を作ったことも考えられるのではないか。

そしてある時、私は香港の荷李活道(ハリウッド・ロード)という骨董街で、薄い木と竹で作られた手提げの器を見つけた。かなり古いものらしく、鳥や花の絵などがくすんでいるが、とても雰囲気がある。手に取って見ていると、店主が言った。

「昔の香港の男は、女房が作った弁当をこれに入れて、働きに行ったんだよ」

そうか、熱い過橋米線もきっと、こういう手提げに入れて持ち運んだのだろう。ずっと不思議だったのだ。密封容器などない時代に、熱い丼弁当をどうやって持ち運んだのか。汁もれを考えると、背中にもくくれない。そうか、この手提げか。

私はすぐに買った。この中に幕の内弁当やお茶を入れて、女友達の病気見舞いにプレゼントしようと思ったのだ。だが、どうしても手放し難く、パン籠にして今も使っている。

彼女はうちに来るたびに言う。

「ホントは私のものなのよね。せめてお弁当作って入れて、うちに来てよ」

私はそのたびに、弁当というものは家族以外には作る気のしないものだなァ、と思わされるのである。

神は家族の膳に宿る

私が二十代半ばの頃だったと思う。

年末の寒い夜、女友達と二人で駅へと歩いていた。

「あーあ、家に帰りたくない」

突然、彼女がそう言った。

びっくりした。彼女とは親しいのだが、特に家庭に問題があるとは思えなかった。

風は突き刺さるように冷たく、駅近くには松飾りを売る小屋が出始めていた。

「妹がさ、秋に結婚したじゃない」

それは前に聞いていた。その時、彼女は「先、越されちゃったァ」と嬉しそうに笑い、結婚後も姉妹でよく買い物などに出かけていた。

「その妹が、しょっちゅう来ては、母におせちの作り方習ってんのよね。今日もいるよ、絶対。何か気分悪くて」

弟しかいない私には、何がなぜ気分が悪いのか、よくわからなかった。仲のいい姉妹なのである。

そして、彼女が一気にまくしたてた内容を、今も覚えている。

「妹ったら、初めてダンナと二人のおせちとか言っちゃって、張り切っちゃってさ。メモ取ったり、オーバーに騒いだり大変よ。母も嬉しいらしいのよね。余分にある重箱持たせたり、『数の子は高いからお母さんが用意しとくわ』とかさ。妹は甘ったれた声あげて、『ワァ！ ついでにお雑煮のお餅もいい？ 一人二つでいいからァ』とか騒ぐのよ」

これまで、彼女は妹の結婚を妬んだ様子もなかったし、私とセールなどに行くと、必ず妹にも何か買う姉だった。それが突然、なぜこんなに嫌がるのかわからなかった。だが、ずっと後になってからふと気づいた。「おせち」というのが不快だったのではないかと。

母親から味つけや作り方を習い、「初めてのおせち」として夫と二人で祝う。そのことが、家庭を持った妹を浮き彫りにし、家庭を持たずに実家にいる自分をみじめにしたのかもしれない。

おそらく、結婚記念日のケーキだとか、クリスマスのローストビーフだとかを母親から習っても、彼女は何とも思わなかったのではないか。「初めてダンナと二人のクリスマス」と妹が張り切っても、別にどうということもなかっただろう。

「おせち」というのは、家族を連想させるのだ。お雑煮とおせちは、家族で一緒に食べるものとして、小さい頃から刷り込まれている。

妹には家族がいる、家庭がある。だが、自分にはない。そのアテさえない。いつまでも両親が家族で、両親の家庭でおせちを食べるのか……。あの時、彼女はそう思ったのではないだろうか。

私の母は秋田市の出身だが、お雑煮もおせちも元旦ではなく、大晦日に食べたそうである。その夜、どこの家でも玄関の鍵をおろしたという。家族だけの祝いの膳であり、他人が入れないようにだ。

この風習は、今はもうないだろうが、正月の膳が家族のものであることを、ハッキリと感じさせる。

ただ、不思議な気もする。というのも、歳神様（としがみ）を迎えるおせちは、「日常」からかけ離れた料理である。何段もの重箱に詰める上に、壱の重からすべて豪勢だ。海老や数の子、いくら、昆布巻、紅白かまぼこ、合鴨、鯛、鮑（あわび）、栗きんとん等々、高価で日頃は食べない食材だ。

この「非日常」を、最も日常的な家族だけで囲む不思議。それほどまでに、家族は大切なものだということを、おせちは表しているのかもしれない。

あの寒い夜から四、五年後だったか。年末、別の女友達に誘われて、イタリアに出かけた。私はその前から、年末年始は格安ツアーで海外旅行を重ねていた。その頃、会社勤めをしていたのだが、何もかもがうまくいかなかった。公私共に先行きは真っ暗。一条の光さえ見えず、希望など持ちようのない日々が続いた。

すでに弟は結婚しており、私は両親とおせちを食べる元旦だ。それよりは海外で新年を迎える方が、非日常のときめきがある。

ローマだったかナポリだったか、ホテルは場所も名前も覚えていないが、どこか下町だった。路地に建つ安宿である。

大晦日の夜遅く、その路地をスピーカーで何かをがなりながら、パトカーがゆっくりと走っていった。イタリア語なので、何を言っているのかわからない。しばらくすると別のパトカーが来て、またがなる。

何があったのかと、太ったフロントのオヤジさんに聞いた。すると観光客用のカタコトの英語で言った。

「危険だから、一月一日の零時になったら外を歩くなと言っているんだよ」

その風習については、私も何かで読んでいた。イタリアの町によっては、一月一日の零時になると、窓から色んなものがぶん投げられるというのだ。それらは前年一年で不用になったもの、壊れたもの、役に立たないもの等々だと書いてあった。それらを窓から投げ捨てることにより、新しい年にはもっといいものが手に入る。そう願をかけて捨てるのだという。自転車や冷蔵庫ばかりか、役立たずの夫まで投げ捨てるとあったのが、いかにもイタリアっぽかった。

零時、安宿やら安アパートやらの窓が一斉に開いた。人々が身を乗り出し、

「ブォナーノ！（新年おめでとう！）」

と叫んでは、次々に物を投げる。ガチャーン、ガチャーンと音がひっきりなしだ。

私も大声で、

「ブォナーノ！　ブォナーノ！」

と叫び、手帳を破っては飛ばした。ろくでもなかった一年は捨ててやる。白い紙はヒラヒラと闇夜を舞い、落ちていった。

「ああ、気持ちよかった。今年はいい年よ」

そう言って女友達が、トランクから小さなびんを取り出した。中には栗きんとんと黒豆、ニシンの昆布巻が入っていた。

「母が作って持たせてくれたの」

私たちは安い白ワインを開け、指で黒豆や昆布巻をつまんだ。その時、彼女が冗談めかして言った。

「日本人って、どこに行っても型通りのことを型通りにやっちゃうのよね。そうしないと落ちつかないって。母の言う通りよ」

私はびん詰めのおせちを指で食べながら、二人でお重を囲む両親を思った。何だか申し訳ない気がした。娘という家族がいながら、二人なのだ。

これからは型通りのことを、型通りにやるのがいい……と、そう思ったかどうかは覚えていないが、年末年始に海外に行ったのは、あのイタリアが最後だったと思う。

それから三十年近くの歳月が流れただろうか、二〇〇八年の年末だ。前述したように、私は旅先の岩手県盛岡市で倒れた。突然、心臓と動脈の病気に襲われたのである。緊急手術の後、二週間もの意識不明が続き、その後も夢と現を行ったり来たり。元旦の病院食がおせちだったことも、まったく覚えていない。たとえ覚えていたところで、点滴しか受けつけない状態だった。

だが、後で看護師の友人が言っていた。

「おせちは患者に見せるだけでもいいの。『来年は必ずよくなって、おうちで家族みんなで食べようね。私も一緒に頑張るね』って励ますと、本当に力が湧くものなの」

大病から奇蹟的に生還して間もなく、私は「塀の中の中学校」というテレビドラマ(TBS系)を書いた。体力的には、まだとても書ける状態ではなかったが、どうしても書きたい企画だった。

犯罪者の中には、中学校にも通えなかったため、字も書けず、九九もわからないという人たちがいる。現代の世の中でだ。長野県の松本少年刑務所の中には、つまり「塀の中」には、そういう犯罪者に中卒資格を与える学校がある。ドラマはそこが舞台である。

刑務所の取材中、関係者が言った。

「刑務所の食事ですが、元旦には雑煮とおせちが出ます。昆布巻とか伊達巻とか簡単なものですが、みんな、ものすごく楽しみに待ってますよ」

きっと「来年からは絶対に家族で食べる」と更生を誓う受刑者も多いだろう。

正月にしか食べない非日常食は、日常的な家族あってのものなのだと、必ずそこに行きつく。

第四章

料理嫌いの〝おすすめレシピ〟

おいしくなる「ほんのひと手間」

「高くておいしいレストラン、それは当たり前だ」とよく言われる。いい食材を使い、煮込んだり、漬けたり、焼いたり、多くの手間を惜しまずに作る。だから高くなるが、おいしい。

そして、その後によく続けて言われるのが、「安くておいしいレストラン。これが一番」という言葉。

私が大きな心臓病をやったのは還暦の時で、料理を作るようになったのはそれ以後である。それまでは料理など関心もなく、作ったことも限りなくゼロに近い。が、医師から「自宅での料理と食事がいかに大切か」を説かれ、心を入れ替えた。もう二度とあんな病気や手術はしたくない。ならば、自分で料理するしかない。

多くの女性たちが「厨房アデュー（さよなら）」という年代になって、私は「厨房デビュー」である。今日まで、わずか八年かそこらだ。

料理を何から学ぶかというと、もっぱら料理上手な友人たちから、そして新聞、雑誌、テレビ番組からである。ネットやブログ、ホームページなどはまったく見ない。情報が多すぎる上、無機質な感じがして、どうも好きになれない。

こうして作っていて感じるのは、「安くておいしい家庭料理」の域に達することの難しさだ。そのためには、「作りおきおかず」とか「使い回し」とか「手抜き」などを上手に駆使する必要があるだろう。だが、私レベルではそれがうまくない。たちどころに「安くてまずい」になってしまう。

とはいえ、毎日の食事は少しでもおいしく食べたい。さて、どうすれば……と思った時、「手抜きなどが下手なら、逆にひと手間かけたらどうか」とひらめいた。

「ほんのひと手間」なら、私にもできる。

それを料理上手な女友達に話した。彼女は三人の子供がすでに独立し、今はパートをしながら夫とのんびり暮らしている。

「ひと手間という発想、ショックだわ。私も子供がいて正社員だった頃は、二手間でも三手間でも抜いて、作りおきと使い回しで乗り切ったわよ。だけど……それが今もクセになってて、簡単にサッとできることばっかり考えてるのよね。私もやるかな、ひと手間。低レベルのアータは偉い！」

ほめられているとはとても思えないが、以下、ベテランにショックを与えた発想による「ひと手間」である。

〈氷出し茶〉

これは二〇一七年六月、日本テレビ系朝の情報番組「スッキリ」で紹介していた。夏、冷たい煎茶は本当においしい。その多くは水出しか、お湯で出してさまして作るかだと思う。

テレビで紹介していたのは、通常より少し多めの茶葉を器に入れ、上に氷を置く。氷がとけて冷たい茶ができるというものだ。

ただ、氷がとけた量しかできない。水出しのように一リットルボトル分を作ろうというなら、それだけの氷がいる。茶葉もだ。

そして、氷がとけるまでの時間が相当かかる。ところが、おいしい。特に一服目は抹茶のよう。安い煎茶でもだ。この一服目は、来客用に冷やしておくのだが、つい自分が飲んでしまう。

氷を新しくして繰り返し、四服目くらいまでは出せる。ただ、抹茶的風味は繰り返すたびに失せ、苦みが出る。私は二服目以降は氷と一緒に小さなボトルに入れて出している。これでも水出しより深みがあるように思う。

気に入って、番茶や玄米茶でも試してみたが、苦くて味がとんがる。煎茶がいい。

〈トマトそうめん〉

私は岩手県盛岡市の病院を退院して東京に戻ってからも、検診のために定期的に新幹線で通っていた。盛岡は古い町並みや商店などを残している。

そんな中に「平野正太郎商店」という昔からの店があった。荒物屋というか雑貨屋というか、熊手だとか餅焼き網だとか竹のザルだとかが、昔ながらの店内にギッシリと並んでいる。

検診の帰りに立ち寄った私は、そこで小さなすり鉢を見つけた。昭和の台所にあったような形や色で、手のひらにのる。十五センチほどの小さな木製すりこぎがついて、確か五八〇円だったと思う。すり鉢なんて使ったこともなく、使うほどの料理もできないのに、あまりの愛らしさにすぐ買ってしまった。

実際、ずっと出番がなかったのだが、ある夏、叔母から教わった「トマトそうめん」がおいしくて、すり鉢は突然忙しくなった。
❶完熟トマトを湯むきし、すり鉢で粗くする（叔母はおろし金でおろしていた）。
❷めんつゆに①を加え、冷蔵庫で冷やす。
❸しゃぶしゃぶ用の豚肉を湯通しし、水気を切り、食べやすい大きさにする。
❹そうめんを茹でて水で締め、器に盛る。その上に③の豚肉、ミョウガ、大葉、小ねぎ、硬めのアボカドをサイコロ型に切ってのせる。
❺②を④の上にかける。
「ひと手間」はトマトをすることだ。普通はくし型に切ってのせるだろうが、このひと手間がめんつゆをどれほどおいしくするか。トロッとしてシャリッとして、硬めのアボカドとよく合う。

私はトマトのかわりに、枝豆や桃でもやってみたが、これもイケる。ついでに胡麻もすってかけてしまう。

〈煮卵のお握り〉

これは、柿の葉すしで有名な名店「笹八」のオリジナルだと思う。いつだったたか、友人の家でランチ会をした。五人が何か一品ずつ持ち寄るという、女性たちの大好きな形だ。

その時、一人が「京都からさっき帰ってきたのよ。東京駅から直行だから、買ったものだけど」と言って出したのが、笹八の煮卵お握りだった。東京駅に店が出ているのだという。

みんな初めて食べたのだが、あまりにおいしくて歓声があがった。

ひと手間は「煮卵」である。それを丸ごと、ごはんで包み、海苔を巻いて、タドンのようにまん丸く握る。

笹八のものは、煮卵の上に鶏そぼろがグルッとあり、これがごはんにしみてさらにおいしい。ところが、自分でやってみると、鶏そぼろを煮卵にグルッと回して、それをごはんで包んで握るというのは非常に難しい。

いわゆる「おにぎらず」や巻き寿司風にすれば、できる。ただ、面白くない。真っ黒で、タドンの丸さが愛らしいところが大切。これを半分に切ると、中の煮卵も半分に切れて鮮やかに顔を出すというのが面白いのである。

そこで、まずは煮卵を芯にしてお握りを作り、その上に鶏そぼろをまぶしてみた。それを海苔でくるんで、さらに握る。これだとうまくできる。また、友人は鶏そぼろをごはんにまぜて、それを握っているという。

どっちがおいしいか、またランチ会をやろうと話している。


〈焼き野菜の味噌汁〉


普通の味噌汁だが、具の野菜はすべてグリルで焼く。フライパンでもいい。大根、にんじん、いも類、ねぎ、玉ねぎ、キャベツ、生しいたけ、筍、スナップエンドウなどの豆類、トウモロコシ、カボチャ、もう手当たりしだいに何でも焼く。ワカメも油揚げも焼いてしまう。

これは確かにひと手間かかるが、味噌汁にコクと香ばしさが出る。白味噌よりは、仙台味噌や麦味噌で具だくさんにすると、おかずはいらないほど。豚肉を入れてトン汁にして、アツアツのごはんと合わせると、「ああ、ホントにひと手間かけてよかったなァ……」と幸せを感じる。

もうひとつ、植木鉢で構わないので、ミント、バジル、レタス、大葉、ルッコラなどのハーブや葉ものを植えると本当に便利に使える。水やりのひと手間だけで、勝手に育ってくれる。どんどん収穫でき、新鮮な上に、何といっても安上がり。

「ひと手間」への大きなプレゼントである。

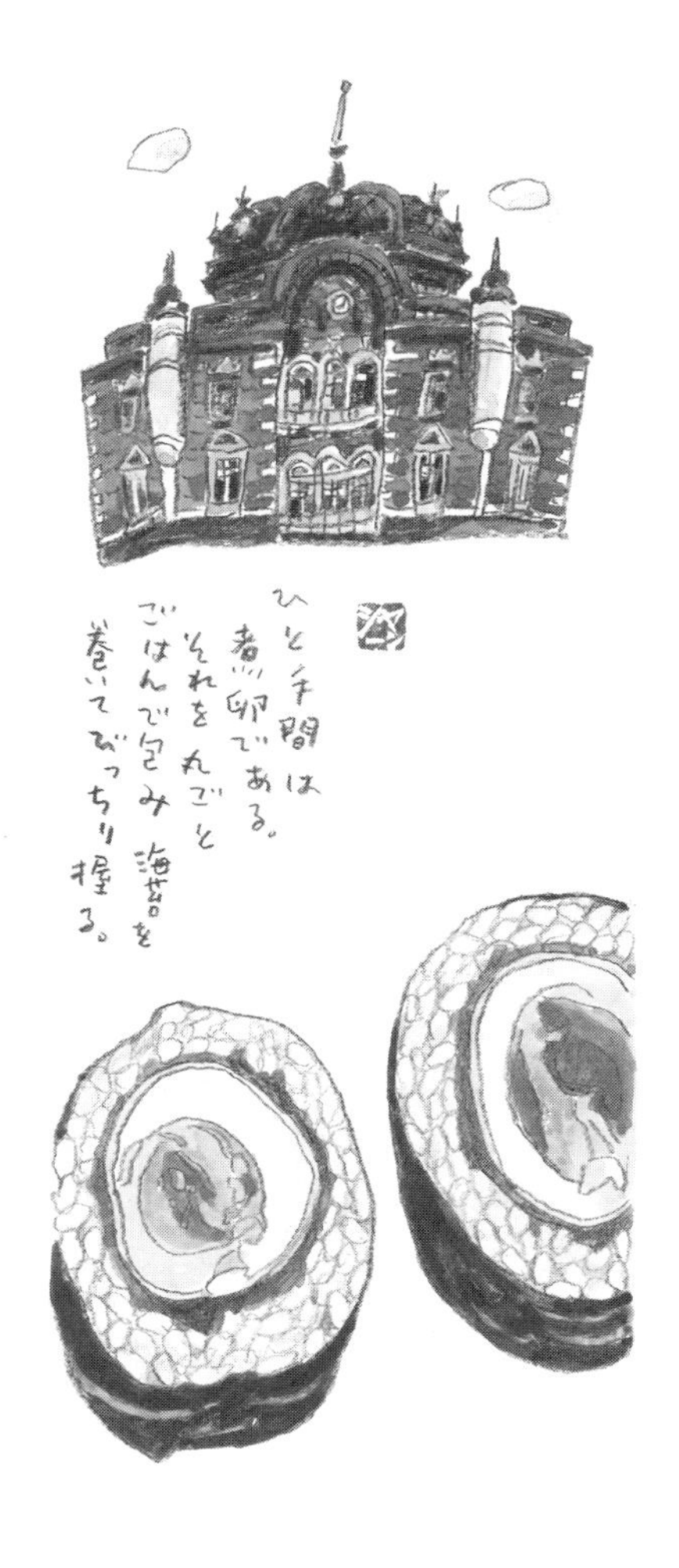

ピンチを救った魔法の小びん

その日、私たちはモロッコにいた。

テレビドラマの取材で、プロデューサーとディレクター、アシスタントディレクター（ＡＤ）の男性三人と私は旅を続けていたのである。ＡＤというのは、若くていわば一番下っ端。スケジュール管理から荷物持ち、その他あらゆる雑用をこなす。

私たち四人は、カサブランカ、フェズ、マラケシュなどの町々を歩き回っていた。入り組んだ旧市街は昔ながらの石造りで、一度入ったら出てこられそうにない市場（スーク）が続く。荷を積んだロバがゆらゆらと歩き、日本とはまったく違う文化は刺激的だった。

四日目か五日目になっていただろうか、全員の疲労はピークに達していた。最初は珍しくておいしかったモロッコ料理だったが、段々と食欲が衰えてくる。煮込みやスープも濃厚で、独特のスパイスが強烈なのである。

その日もまた、私たちは埃っぽい田舎町を歩いていた。すると、一角に肉屋があった。簡単な屋根がついてはいるが、露店に近い。店頭にはさまざまな生肉が並び、鉤（かぎ）で吊るされた大きな肉もあった。店の一角で焼くこともできるという。塩と胡椒だけのプレーンなステーキが、久々に食べられる！　私たちは飛びついた。

柔らかそうな赤身を選び、焼いてもらった。いよいよ戸外の粗末なテーブルでかぶりつこうとした時だ。四人全員の手が宙で止まった。口に運べない。

肉のにおいの強烈なこと。塩胡椒して焼いてあるのにだ。

「オイ、何の肉なんだ？　牛じゃないのか」

自分のせいではないのに、ＡＤは責められて小さくなっている。その時、彼は思い出したように、ザックから小さなびんを取り出した。醬油だった。

「ためしにかけてみます」

そう言って、自分の皿に振りかけた。

「うまい。いけます！　かけますか？」

もちろんだ。そして驚いた。熱々のステーキにからむ醬油は香ばしく、においはほとんど消えていた。

この日から、四人の地位が逆転した。ＡＤは醬油の小びんを一本持っているだけで、ただそれだけで、トップに立ってしまった。私たちは道中、ワケのわからないものを食べるたびに、遠慮しいしいＡＤに醬油を頂いたのである。

そして今、厨房に入るようになった私は、醬油、味噌、塩、酢をはじめ、基本的な調味料はそろえている。これらは料理の味つけと一振りするためにだけ使う。

だが、料理上手な友人たちは、それらを使って、タレやソースも作る。ハーブビネガーやにんにく醬油、フレーバーソルト、それにサラダのドレッシングやラーメンスープ、クリームソースまで作る。

しかし、私は料理をせざるを得なくなった時、決めたのである。安あがりで簡単にできるという。

「何から何まで作ることをしない」

「市販品、インスタントやレトルト品、半生製品なども使う」

「オーガニックとか体にいいものにこだわらない」

それまでろくに包丁さえ握ったことのない私は、こうやって楽に構えないと続くものではない。それに、多少は体に悪い化学物質が入っていようがいまいが、そう長く生きられる年代でもない。おいしく食べられれば「ま、いっか」である。

そんなある日、冷し中華のインスタントめん五袋パックを頂いた。初めて食べたのだが、とてもおいしい。だが大きな欠点があった。

付属のタレが少な過ぎるのだ。小さな袋に入っている量では、とてもめんにも具にも行き渡らない。まして、私は山のように具をのせるのが好きで、何よりも冷し中華は「つゆだく」がいい。致し方なく一袋のめんに二袋分のタレをかけた。結果、めん三袋とタレ一袋が残ってしまった。冷蔵庫にある市販のタレも残り少ない。買いに行こうかと思った時、突然「そうか、作ればいいいんだわ」と気がついた。同時に、市販の蒲焼きや相撲土産のヤキトリも付属のタレが少ないことを思い出した。

「つゆだく」にしたいなら、自分で作ることだ。自分好みの味にして、たっぷり使える。絶対のお勧めである。なお、分量は適当なので、加減していただきたい。

〈**冷し中華の醤油ダレ**〉

- 用意するもの（2人分）　にんにく1片　醤油大さじ8　酒大さじ3　酢大さじ7
  砂糖大さじ2・5　水½カップ　胡椒少々
- 作り方

❶にんにくはおろしておく。
❷にんにくを除く材料を全部小鍋に入れ、まぜながら弱火にかけ、2、3分たったら火を止める。
❸①を②に加え、よくまぜたら粗熱を取り、冷蔵庫へ。

すりおろしにんにくを加えると、コクが違うことは、中華料理店主に教わった。においが困る人は、茹でてつぶすといいそうだ。「市販品のタレにも加えてみて。うまくなるよォ」と店主は言う。

せっかく作った「秘伝のタレ」、冷し中華だけではもったいない。私の友人で、東北は三陸に住んでワカメにうるさい人が、面白い食べ方を教えてくれた。

〈ワカメのにんにく炒め〉
・用意するもの　戻したワカメ　にんにく　胡麻油　冷し中華のタレ（分量はお好みで）
・作り方
❶ワカメを食べやすい大きさに切り、にんにくは薄切りにする。
❷胡麻油でにんにくを炒め、香りが出て色づいたら、①のワカメを加えて手早く炒める。

❸冷し中華のタレを回しかけ、火を止める。

これにそぼろ卵をかけてもおいしい。ワカメの緑色と卵の黄色がきれいだ。料理研究家の浜内千波さんが何かに書いていらしたのだが、そぼろ卵を作る時、卵に「酢0・5と砂糖1と塩微量」の割合で入れて溶く。ふわっふわの細やかなそぼろになる。

〈**ヤキトリのタレ**〉

・用意するもの（10本分くらい）　醤油大さじ1・5　酒大さじ2　みりん大さじ2　胡麻油小さじ1　砂糖小さじ1　めんつゆ（市販）大さじ3（希釈する）　水1カップ

・作り方

❶小鍋に全材料を入れて、まぜながら中火にかける。

❷好みの濃さまで煮詰め、火を止める。

このタレで、抜群のヤキトリ丼（次ページ）ができる。残ったヤキトリで翌日に作っても、とてもおいしくできる。

〈**ヤキトリ丼**〉

・用意するもの　ヤキトリ　卵　粉山椒　ヤキトリのタレ　ごはん

・作り方

❶串から外したヤキトリをフライパンに入れ、焼き目をつける。

❷①にヤキトリのタレをからめ、熱いごはんにのせる。

❸②の上に目玉焼きをのせ、粉山椒を振る。

タレのヤキトリには七味唐辛子を振る人が多いと思うが、国技館の相撲ヤキトリは常に粉山椒。やみつきになるので、ぜひお試しを。

〈**蒲焼きのタレ**〉

・用意するもの（2人分）　醤油大さじ3　砂糖大さじ2　みりん大さじ4　酒大さじ2

・作り方　小鍋に材料を全部入れ、好みの濃さになるまで煮詰めてできあがり。

私は本場名古屋で食べた「ひつまぶし」が忘れられず、本ばかりかネットでも調べて作ってみた。が、どうも味がピンとこない。そこで到達したのが我流のレシピ。

〈ひつまぶし〉

・用意するもの　ウナギの蒲焼き　蒲焼きのタレ　酒　長ねぎの白いところ　粉山椒　米

・作り方

❶洗った米に、好みの量の蒲焼きのタレを入れ、規定の水加減で炊く。

❷ウナギの蒲焼きは１cm幅程度に細長く切り、フライパンに入れて酒と好みの量のタレをからめ、火を通しておく。

❸長ねぎの白いところをできるだけ薄く小口切りにし、火を止めた②と合わせる。

❹炊きたての「タレごはん」に③を加え、ざっくりとまぜ、粉山椒を振る。

あさつきや小ねぎではなく長ねぎのパンチが、タレで炊いたごはんとよく合い、私は気に入っている。

どれも食べるたびに、醬油の国に生まれた幸せを思う。そしてふと、モロッコで小びんを取り出したＡＤの得意気な顔が甦ったりもするのである。

健気（けなげ）な母親がよみがえる昭和の献立

四月二十九日の「昭和の日」が来ると、昭和時代を思い出す。

桜が咲くと、母親たちは黒い羽織で装い、我が子の入学式に行った。髪はパーマ屋で整えてもらい、お釜をかぶったように一本の毛も乱れていない。

春には、町を行く物売りの声も増えた。アサリ、魚、野菜、果物。そして豆腐屋のラッパが響く。

そうだ、このゴールデンウィークは、昭和メニューを作ろうと思った。どうせなら、できるだけ昭和の味を再現しよう。そこですぐに、女友達にレクチャーを頼んだ。彼女は、ずっと学校給食の現場にいた栄養士だ。

「あの頃は電子レンジも浄水器もなく、水道水でジャンジャン作ったの。分量とか時間とかは良き加減に。あの頃の母はそうよ」

で、まずは春のジャンジャン料理である。

〈**スパゲティナポリタン**〉

・用意するもの

スパゲティ　ピーマン　玉ねぎ　ウィンナソーセージ　油　ケチャップ　ウスターソース　塩　胡椒

・作り方

❶スパゲティをうどんのように柔らかく茹でる。

❷野菜やソーセージを好みの大きさに切る。

❸フライパンに油をひき、②を炒める。

❹①と③を合わせて、ケチャップ、ソース、塩、胡椒で味つけする。

「昭和の大ごちそうだから、浮き足立つ春にぴったりよ。あの頃の油は天ぷら油だけど、今ならサラダオイルで。バターなんか使うのは、昭和もずっと後ね。オリーブオイルはさらに後よ」

〈**親子丼**〉

・用意するもの

玉ねぎ　鶏肉　卵　ちくわ　なると　醬油　砂糖　ごはん

・作り方

❶玉ねぎは2つ割りにして薄切りにする。

❷鶏肉を一口大に切り、鍋に入れ、砂糖と醬油と水で煮る。

❸玉ねぎを加え、材料が柔らかくなったら卵でとじ、ごはんにのせる。

「ねえ、ちくわとなるとはどうするの？」

「ああ。かさ増し用よ。かさを増したいなら②に加えるの。あの頃の母親、かさ増しに命かけてたわよ」

春の遠足には、特別のおやつ「マーブルチョコ」を持たせてもらう。普段は「動物ビスケット」を一人三個とかだった。

夏はクーラーなどない。どこの家も窓を開けっ放しだったため、カンカン照りの道に高校野球の実況放送が流れてくる。道端には露草や月見草が咲き、駅にはなぜか必ずカンナとポンポンダリアが咲く夏だった。

便所の汲み取り屋さんの横で、氷屋さんがシャシャと音をさせ、大きなノコギリで氷を切る。それはかき氷になり、粉末ジュースに浮かべられ、子供たちの夏の嬉しいおやつにもなった。

「衛生」などと言う教師も親もいなかったように思う。

夏にはいいアジが魚屋に並び、子供は苦手だったが「骨はカルシウムよ」と頭から食べさせられた。子供の好みを忖度(そんたく)する親たちではなかった。

〈アジの南蛮漬け〉

・用意するもの

小アジ　ねぎ　しょうが　赤唐辛子　酢　醤油　揚げ油　砂糖

・作り方

❶小アジは内臓とエラを取り、ウロコが気になるならそぐ。

❷①に片栗粉（分量外）をまぶして揚げる。

❸3～5㎝に切ったねぎと②を、深めの皿に並べ、赤唐辛子を散らす。

❹醤油、砂糖、酢を熱し、③の上からかける。

❺しょうがの薄切りを④に散らす。

「ポイントは揚げたての小アジに、ジュッと音がするくらい熱々のタレをかけること。あと、昭和の夏はそうめんではなく、冷や麦ね。鰹節でだしを取ってつゆを作り、薬味はねぎだけ。垢抜けない時代の夏を思い出すよね……」

秋は、空も空気も今より澄んで冷たかった気がする。その下で開かれる学校の運動会は、町内の人にとっても一大イベントだった。軍艦マーチや威勢のいい音楽は遠慮なしの大音量。高校野球の実況放送にせよ、子供の歓声にせよ、あの頃は「騒音」とはされなかった。

また煙と匂いにも頓着なく、どこの家でも庭や玄関先でサンマを焼いた。次のような温かい物が食卓に並び始める季節だった。

〈炒りどり〉

- 用意するもの

鶏肉　鶏皮　鶏もつ　ごぼう　にんじん　しょうが　こんにゃく　砂糖　醤油

- 作り方

❶ごぼう、にんじんは回し切り、しょうがはみじん切り、こんにゃくは手でちぎるかスプーンでえぐる。
❷鶏肉の全種は食べやすい大きさに切る。
❸鍋にしょうがと鶏皮を入れ、炒める。皮から油が出るので、油はなくて可。
❹③に鶏肉、もつ、ごぼうを加え、炒める。
❺④ににんじん、こんにゃくを加え、水、砂糖、醤油で炒りつける。

「あの頃の味を再現するなら、安い鶏皮を六割ね。鶏肉から出るうま味を使うので、だしは不要。鍋にふたをせず、水分を飛ばすことで、炒りつけの味が出るの」

〈ドーナツ〉

・用意するもの

小麦粉　ベーキングパウダー　卵　砂糖　バター　牛乳　グラニュー糖　揚げ油

・作り方

❶小麦粉とベーキングパウダーを合わせ、2、3回ふるいにかける。
❷砂糖とバター、溶き卵、牛乳をボウルに入れてまぜる。

❸②に①を加え、まぜる。
❹③を丸形やリング形にする。
❺④を170度程度の油で揚げ、グラニュー糖を振りかける。

「あの頃の子供は、お母さんのそばでリング形に作るのが楽しみだったよねえ。今みたいにミックスパウダーなんてないし、グラニュー糖は高かったけど、子供を喜ばせたくて、お母さん頑張ったの。だけど、今のお菓子に比べ、何とも大雑把な味」

そんな子供たちは、秋が深まって影が長くなると、外で「影踏み」に夢中になった。オニに自分の影を踏まれたらオニが交代、そんな単純な遊びがどうしてあんなに面白かったのか。

冬はとにかく寒かった。エアコンだとか適温調節とかあり得ない。こたつ、火鉢、薪か石炭ストーブが多かった。

大人の男は「ラクダ」と呼ばれたモコモコのラクダ色シャツやモモ引きでガードし、子供たちは母親の編んだ毛糸のパンツをはいた。

大人も子供も霜焼けを作り、風邪を引くと「吸入器」の前で口を開けた。水を入れた容器をアルコールランプで熱くし、水蒸気を出す。それをのどに吸入するのである。

おでんやけんちん煮が冬の食卓の定番だったが、カレーは家族の大人気メニュー。ルウもない昭和のカレー、その再現レシピを教わった。

〈**カレーライス**〉

・用意するもの
豚こま肉　玉ねぎ　にんじん　じゃがいも　にんにく　しょうが　カレー粉　小麦粉　油　バター　塩　ウスターソース　砂糖　ごはん

・作り方
❶にんにく、しょうがをみじん切りにし、野菜は食べやすい大きさに切る。
❷鍋に油を入れ、点火する前に①を入れる。
❸②を炒め、ひたひたの水を加え、10分ほど煮る。
❹③に豚こまを入れ、材料が柔らかくなるまで煮込む。
❺油、バター、小麦粉、カレー粉をボウルに入れてまぜる。
❻⑤を④に入れ、さらに塩とソース、隠し味の砂糖で味をととのえる。とろみが足りない場合は、水溶き片栗粉（分量外）で調整し、ごはんにかける。

「ガラスープなんて取らなかった。だしは豚こまから出るうま味だけね。安い豚こまだって少ししか入れてないから、それは子供にあげて、お母さんは小麦粉と片栗粉のカレースープを飲んでたようなものよ」

そういえば、私と同年代の人が「カレーは、少ない肉をサツマ揚げでカサ増ししていた」と何かに書いていた。確かにサツマ揚げは肉に間違えそうだ。どこの母親も頭を使った。

〈油揚げ焼き〉

・用意するもの

油揚げ　ねぎ　味噌

・作り方

❶油揚げの片側の端を切り、袋にする。

❷袋の中に味噌を塗り、刻んだねぎをたっぷりとつめる。

❸ねぎがこぼれないよう、袋の口を閉じてようじでおさえる。

❹③を七輪で焼く（再現とはいえ、今はグリルかロースターでＯＫ）。

あの頃、お父さんはこれを肴に晩酌を楽しみながら、お母さんはカレースープを飲みながら、豚こまカレーに夢中な子供たちを眺めて幸せだったのだろう。

親は親らしく、子供は子供らしく、小さなことに喜んだ時代だったと思う。

春だけの宝石を味わい尽くす

二〇一六年に、料理研究家の鈴木登紀子さんと対談した時（250ページ〜）、「一番は食べ物の旬を大切にすること」とおっしゃっていた。だが、今はあらゆる野菜や果物は一年中出回っており、どれが旬かわからない。そう言う私に、あっさりと断言された。

「お店で、山盛りになって安く売っているものが旬よ」

そうか！　なんてわかりやすい。目からウロコがドカッと落ちた。

私が仙台に住んで大学院に通っていた時、春になると八百屋や青物市場では山菜を山盛りにして売っていた。多くの食べ物に季節がなくなっても、これだけは固く季節を守る。季節が芽吹かせる宝石だ。今の世の中において、旬にしか食べられない山菜を味わうことは、ダイヤモンドに値する幸せなのだと気づく。

そして、あの「ほろ苦さ」を愛せるのは、日本人が複雑な味覚を理解できればこそだろう。私の女友達に、イギリスからの帰国子女がいた。幼い頃からロンドンで暮らし、日本語はカタコト。それでも親の勧めで大学は日本で入った。するとある春の日、同級生がふきのとうをくれたそうだ。だが、どうやって食べていいかわからない。

「カレーにしたの。普通の葉っぱだった」

ああ、彼女は外国人なのだと思った。ほろ苦さの「ほろ」を慈しむのが日本人である。強烈なスパイスでカレーにしては、そりゃあ「普通の葉っぱ」だろう。

一方、私の料理上手な友人たちの多くも、山菜はパスする。大好きで外では食べるのにだ。

「だって、スーパーの山菜パックはクタッとしているのに高いし、料理も天ぷらとか面倒」

私は東北出身なので、山菜は馴染みが深く、春には必ず食べる。が、天ぷらにはしない。油の始末が大変な上に、揚げ物は難しい。そこで、東北で食べたり教わったりした「山菜レシピ」をご紹介する。一切揚げずに、おいしく食べられるのである。

私の場合、山菜は三つに分けている。

Ⅰ　ベランダに植えている山菜

せり、三つ葉、クレソン、山椒である。

せりも三つ葉も買ったら、根をプランターに植えておくと、どんどん収穫できる。クレソンはコップの水に差しておくと、すぐに根が出る。それをプランターに。山椒は町の園芸店で一鉢三百円だかで買った。細くて小さな木に水をかけているだけだが、毎年、青々とした葉を茂らせる。若竹煮とか炊き込みごはんなどにちょっと飾るだけで、気遣いの細やかな女を演出できる。

仙台には「せり鍋」がある。これは作り方を紹介するほどもなく簡単で、和風だしと醤油味のスープに鶏もも肉とごぼうなど好みの野菜を入れるだけ。ポイントは食べる直前に、よく洗ったせりを根っこごとドサッと入れる。これが仙台流。

ある時、グルメの男性編集者二人が仙台に行くというので、居酒屋を紹介し、せり鍋を食べるように言った。当日、二人から「うまくて感動。正座して礼を言います」と鍋の前で正座している写真が送られてきた。

自宅のプランターで「ドサッ」とせりを採るのは難しいので、ここは市販品で。

〈山椒味噌〉

焼き筍やこんにゃくなどに塗ると、春の野山が甦る。分量は適当。お好みで。山椒の葉は匂いがキツイのでほんの少しで可。

・用意するもの　味噌　みりん　酒　水　山椒の葉

・作り方

❶山椒の葉をすり鉢ですっておく。

❷鍋に①以外の材料を入れ、弱火にかけて練る。

❸②に①を加え、さらに練る。

Ⅱ 東京のスーパーで買う山菜

わらび、うど、秋にはむかご。

クタッとなりにくい山菜だ。これ以外にも新鮮ならば東京のスーパーで買う。

〈わらびと豆腐の卵とじ〉

秋田の角館(かくのだて)農業改良普及センターで長く仕事をされ、現在も地域で郷土料理などの教室を開いている真崎正子さんが『地域で受け継いでいきたい伝統の味――ふるさとの「味」百四十七選』という本を出した。これはその中の一品で、簡単な上にボリュームがあり、あったかいごはんによく合う。

・用意するもの（分量はお好みで。私は豆腐を半丁に、卵を1個にふやしている）
わらび300g　木綿豆腐大さじ2　溶き卵¼カップ　だし1・5カップ　酒、みりん、砂糖各小さじ2　醤油大さじ2

・作り方
❶わらびは4㎝長さに切る。
❷鍋にだし以外の調味料を入れて煮立て、豆腐をくずし入れ、再び煮立ったらわらびとだしを入れ、1分煮る。
❸溶き卵を回し入れ、半熟になったら火を止め、ふたをして3分蒸らす。

〈**うどの牛肉巻き**〉

・用意するもの　うど2本　牛肉（うど2本を巻く量）　胡麻油、酒、みりん、醤油、砂

糖いずれも適量

・作り方

❶うどは2分の1に切り、厚めに皮をむき、酢水（分量外）にさらす。
❷牛肉に①をのせて巻く。
❸フライパンに胡麻油を熱し、②の巻き終わりを下にして転がしながら焼く。
❹③にすべての調味料を加え、さらに転がしながら、汁気がなくなるまで照り煮にする。
❺④を食べやすい長さに切る。あれば、レモンやクレソンを飾るときれい。

うどはきんぴらにしがちだが、盛岡の友人宅で食べたこれはおいしい。お弁当にもいい。

Ⅲ　東北に行った時に買い、持ち帰る山菜

クタッとなりやすかったり、変色やトウ立ちが見られやすい山菜である。

ふきのとう、たらの芽、もみじがさ。そして根曲がり筍（だけ）（これはクタッとならないが、東京にはほとんど流通していないのか、見たことがない）。

〈ふきのとうのパスタ〉

・用意するもの（2人分）　ふきのとう20gほど　にんにく1片　アンチョビ3枚ほど
　パスタ160g　オリーブ油適量

・作り方

❶ふきのとうとにんにくをみじん切りにする。

❷パスタを茹でる。

❸①をオリーブ油で炒め、香りが立ったら火を止める。

❹アンチョビーを細かくつぶし、③に加える。

❺④にパスタの茹で汁大さじ2を入れる。

❻⑤に茹でたパスタを加えてあえる。

　これほどシンプルで、山菜のおいしさを引き出す料理はない。アンチョビーに塩気があるので、塩は不要。お好みで胡椒を。

〈たらの芽のナムル〉

・用意するもの（2人分）　たらの芽10個ほど　醤油、胡麻油各少量

・作り方

❶たらの芽はハカマを取り除き、塩（分量外）を加えた熱湯でサッと茹でる。

❷①の水を切り、醤油と胡麻油をからめる。

秋田の居酒屋で食べ、ハマッた。さすが「山菜の王」と言われるだけあり、深い香りと苦味が上品。醤油でなく塩をからめる店も。

〈**根曲がり筍**〉

熊の大好物なのに、そのおいしさを人間が知って採り始めた。哀れ、熊は探して里まで降りてくるようになったと、東北の人たちは言う。

もし、東京やどこかで売っていたら、めったにないのですぐに買うことだ。書道の大筆ほどの細長さで柔らかい筍。茹でてちらし寿司にのせたり、味噌汁、筍ごはんもいい。だが、焼くのがベストだと私は思う。

・用意するもの　根曲がり筍　山椒味噌あるいはマヨネーズ

・作り方

❶皮つきのまま焼く。皮が焦げたら返し、その後1分ほどで火からおろす（炭火焼きが

いいのだが、ガスや電気のコンロに網をわたして焼いても十分)。

❷①の皮をむき、山椒味噌をつける。山椒味噌のかわりに、ふき味噌やマヨネーズもいい。

その柔らかさとコリコリした食感を一度覚えると、やめられない。私は東北に行くと大量に買い、ついには卓上用の小さな七輪と炭セットまで購入。「熊さん、ごめんね」と詫びつつ、旬のおいしさを改めて思う春である。

飲める人にも飲めない人にも、おいしい秋

秋の深まりと共に、お酒がしみわたり、肴がおいしくなる。

だが、世の中には一滴のお酒もダメな人たちがいる。体質的に受けつけないのだから、どうしようもない。毒を飲まされるのと同じだ。

ところが、飲める側にしてみると、相手が飲めないと知った瞬間、ガックリする。食事はお酒を飲みながらだから楽しく、下戸（げこ）を前に一人で飲めないよと思う。これもどうしようもない思いだ。

私の父は岩手県出身で母は秋田県で、酒どころの東北人の血は私にも流れている。

四十代の頃、ある偉い方お二人に夕食に招かれた。緊張する会食だ。すぐに「お飲み物、何になさる？　お好きなものを」と言われた。和食の席であり、冷たい日本酒がいいなと思ったが、最初からそれはまずかろう。お二人に合わせたいが、今夜は招

かれた私が先に言うようだ。遠慮して、

「では、ビールを」

と答えた。するとお二人は言ったのだ。

「私はりんごジュース」

「私にはあったかいお茶を」

まっ青になった。「りんごジュース」と「あったかいお茶」を前にして、若輩者の私が一人で飲めるか？　上品な小さなグラスに注がれたビールを、ほんの一センチだけ飲んだ夜だった。

こうして今に至るまで、飲めない人や飲める人と数限りなく会食し、つくづく考えさせられた。

飲めない人が注意すべきは「断り方」だ。

グラスに手でふたをして、「飲めないんです」は失礼千万。これはムッとする。飲めないことに対してではなく、グラスに手でふたをするという行為にだ。また、

「私、飲めないんですけど、飲む場の雰囲気が好きなんです」

これも多い断り方だ。おそらく、言外に「だからみんな、私には気を遣わないそう

よ。私も一緒に楽しんでいるからよ」という気遣いをにじませているのだと思う。だが、素面(しらふ)で酒飲みと同じには楽しめまい。飲める人はそれをわかっており、またこう言う下戸の気持ちもわかっているため、かえって気を遣う場合がある。

また、体質であることを具体的に説明する人も少なくない。

「体中がかゆくなったり、吐き気がしたり、ジンマシンみたいなのがブツブツ出たりして真っ赤になるんです」

おいしいお酒の席で、最悪の断り方だ。

またなぜか、飲めるポーズをする人たちともよく会う。

「私、昔はすごく飲んでたの」

「私、最近は飲むようになったのよ」

という類だ。飲める人は嬉しくなり、ならばと一杯注ぐ。ところが、実は今も昔も飲めないのだ。注がれたビールはまったく減ることなく、ぬるくなっていつまでもダブダブと揺れている。そして多いのは、

「私は飲めないけど、遠慮なく飲んで」

と言う人だ。

前述したように、お酒というものは多くの場合、一人で飲んでもおいしくない。飲めない人には理解し難い心理だろう。また、一人でも飲みたい人は飲むし、「遠慮なく」などと言われるとかえってシラケる。

一般論だが、飲めない人は飲める人に対して、どうも気遣いをするようだ。両者に優劣はないのだから、謝ることも言い訳も不要。飲める方もそれを望んではいないはずである。ごく普通に、

「私、お酒ダメなんです。でも乾盃はするわよ！」

と言って、グラスに少し注いでもらえばいい。むろん、グラスを合わせても飲む必要はない。

一方、飲める人も失礼が多い。特に注意しなければならないのは「引き方」だ。相手が飲めないとわかった瞬間、

「えーッ！　ヤダ、飲めないのォ?!　もう、ガックリ！　何なのよォ」

ストレートにこう言う酒飲みは多い。ついい出るのだが、相手は気遣いしている場合が多いだけに、傷つく。あげく、

「練習しなさいよ、もうッ」

とくる。体質であり、練習して飲めるものではない。こんな練習に無駄な時間は費やさないことだ。さらには満座の中で、

「この人、飲めないのよ。だから、この人にはウーロン茶ね」

などと紹介する人もいる。これは飲めない人からしてみると、親切で言っているとは思えまい。無神経と感じるだろうし、実際無神経である。

飲める人はたぶん、心のどこかで飲めない人にムカつき、飲めないなんて情けないなどと思っているのではないか。だから、こういう失礼になる。

私も二十代からさんざんこんな場に同席し、自分も失礼をやってきた。そうして今は、飲めない人も飲める人も、一緒に楽しみたいと思い始めた。

そこで、どちらの人にも喜ばれる、故郷東北のレシピをご紹介する。いずれも、東北の料理上手の飲んべえたちが、地元の食材を生かして考案したものだ。

彼らも今では経験と失敗を重ね、「飲める人も飲めない人も共に楽しむ」という域に達している。

〈たたき長芋〉（岩手）

長芋は岩手の、特に岩手郡岩手町の特産。

❶長芋の皮をむき、ポリ袋に入れて口を縛る。

❷①をすりこぎや固いものでたたき、つぶす。

❸②を皿に盛り、ツナ缶かイワシ缶、サバ缶をのせ、小ねぎを散らす。

すぐにできる上、どんなお酒にもよく合う。特にビール、白ワインと好相性。飲めない人は、魚缶ではなく味つきナメコやエノキをのせる。それを麦めしにたっぷりかけ、わさびを添えて麦とろに。飲んでいる人が「俺も早くメシにしよう」と言い出すから面白い。

〈豆腐の豆乳浸し〉（岩手）

豆腐の消費量が東北一とあって、岩手にはおいしい豆腐店が多い。これは盛岡市在住の脚本家、道又力さんが「安い豆腐をおいしく食べる秘密」として教えてくれた。

❶絹豆腐を皿にのせ、たっぷりと豆乳を注ぐ。

❷①をラップし、豆腐の芯まで熱くなるくらい、電子レンジにかける。

❸②に鰹節を山のようにのせる。

❹別皿にポン酢を入れ、薬味としてねぎ、しょうがを添え、③をつけて食べる。

道又さんの言う通り、豆腐のみならず、表面にできた湯葉もおいしいし、鰹節の風味がのった豆乳もいける。これに一番合うのは日本酒。

飲めない人は、めんつゆですまし汁を作り、この豆腐と豆乳、湯葉を入れる。そして小ねぎなどの薬味を散らし、熱々の白いごはんと合わせると、おいしいの何の。

〈焼き枝豆〉（秋田）

これは私が雑誌だったか新聞だったかで知ったレシピで、東京は赤坂の居酒屋「赤坂まるしげ」のオリジナル。

秋田県は、東京都中央卸売市場における枝豆取扱量が、前年に引き続き平成二十八年度も日本一（JA全農あきたホームページより）。歯ごたえのあるいい枝豆がとれるため、県民は色々な料理法でよく食べる。

「赤坂まるしげ」では茹でず、焼く。枝豆の風味が生き、私の友人たちもまね始めた。

❶水洗いした枝豆をたっぷりの粗塩でもみ合わせ、30分放置。

❷①の塩を洗い流し、ザルにあげる。

❸②をフライパンに入れ、中火で5分ほど煎る。
❹ふたをして蒸し焼きにし、時々ふたを開けてフライパンをあおりながら、15分ほどかけて、じっくり火を通す。
❺焼き色がついて、ちょうどいい硬さになったらできあがり。
どんなお酒にも合い、枝豆の食感がたまらない。これには「赤坂まるしげ」の人気ナンバーワンだと書かれていた。

飲めない人には、これも地元紙「秋田魁新報（さきがけ）」に出ていた〈**枝豆のキムチ炒め**〉をぜひ試してほしい。私は焼き枝豆をこれ用に残しているほどだ。
❶枝豆を焼くか茹でるかし、半カップ分をさやから出す。
❷市販のキムチ100g、豚バラ肉60gを、共に細かく刻む。
❸豚バラ肉を炒め、色が変わったら①を加えて炒める。
❹③に②のキムチを加え、ざっとまぜたら溶き卵を流し、炒める。
❺④に焼き肉のタレを大さじ1ほど加え、しっかりと炒めてできあがり。
ワインにもビールにもよく合うが、飲めない人はパスタソースとして使うといい。大葉のせん切りを散らすと絶品。「天高く馬肥ゆる秋」だと腹をくくり、もうワシワ

シと食べるしかない。

なお、飲めない人へもうひとつ。最近はノンアルコールのビールで、飲める人につきあうケースが多く見られる。だが、ノンアルコールとはいえ、飲めない人にはそうおいしいものでもないだろう。

そこで、ノンアルビールを、果物のネクターで割ってみることをお勧めする。オレンジかぶどうのネクター、なければジュースでもいい。これで割るとノンアルビールがかなりおいしくなる。

日本の秋は豊かだ。飲める人にも飲めない人にも、実りの季節がやってきた。

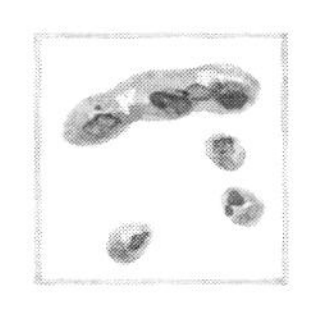

「能書き」は鍋の隠し味

町が秋に染まると、「鍋」である。

日本料理店のオーナーが、

「よく『鍋料理のかき入れどきでしょ』と言われるけど、そうでもないんですよ。鍋は家で作る人が増えてると思う。みんな評判の店に一回行って、よく味わって、写真に撮るでしょ。家に帰って自分流の工夫をこらして、おいしく作っちゃう。そうなるともう店には行きません。安上がりだし。レシピをSNSで広めますしねえ。ハァ〜」

と深いため息をついた。

鍋は、料理が下手な人でもそれなりにおいしくできるものだ。私は東北大学相撲部の総監督だが、部員たちが作るチャンコ鍋は荒っぽいもののおいしいの何の！

家庭料理としての鍋の魅力は、たいていの食材が合うことだろう。そのため栄養バランスがよく、さらには残り物も具になる。これは安上がりにも通じる。

そして、私は人々が鍋を愛する「隠された理由」に気づいた。

能書きを垂れる快感である。湯気が上がる鍋を前にして言う。

「これね、鳥取の白ねぎ将軍鍋よ。白ねぎが中心の鍋って珍しいでしょ。これがおいしいの。鳥取で食べて、色々だしを工夫して。ねぎはやっぱり取り寄せたわよ」

「北海道の鉄砲汁をね、鍋にしてみたの。根室では花咲ガニで作るけど、手に入らなかったからズワイを取り寄せた。カニの足の身も食べてね。身を取り出す様子が、鉄砲を掃除する姿に似てるから、この名がついたんだって」

「高知のクエ鍋よ。高知で食べたらおいしくてさァ。知ってる？　クエって漁獲量が少なくて、幻の魚って呼ばれてるのよ。今日のためにクエをお取り寄せしたんだから。他の魚じゃこの味出ないもん」

鍋の「能書き」というのは多くの場合、その地方の特産品や鍋の由来、自分なりの工夫にちなむものだ。本人は鳥取とも根室とも全然関係がないのに、誇らし気に蘊蓄（うんちく）を披露する。そして必ず、締めは「取り寄せた」である。私も何度もやってきたので、この快感はよくわかる。

日本には全国に独特の鍋料理があり、それを安く家庭で再現できるのだから、店のオーナーがぼやくのも当然だ。

私は毎年、一月二日の夜に女友達三人と鍋を囲む。場所は持ち回りで各自宅。来年で実に二十四回目である。各自が作る鍋は毎年同じ。私は秋田のキリタンポ鍋、一人は名古屋コーチンの鶏つくね鍋、もう一人は熱海の練り物でおでん。毎年、どれかで一年が明ける。

こういう会はぜひ皆様にもお勧めする。節分でも雛祭りでも、×月の第×土曜日でも、とにかく一年の決まった日に、女友達と鍋を囲む。場所は持ち回りにして、鍋と飲み物だけを用意。あとはメンバーが一品ずつ持ち寄る。気の合った女友達と夜更けまでおしゃべりし、情報交換をする。安らぐのに、刺激にもなる。

日時を毎年同じにしておくと、みんな早くからその日はあける。急に来られない人が出たなら、「集まれる人だけで決行」と決めておく。そうすると、もめない。

この会は鍋のよさがよくわかる。やってみようかと思う方々に、おいしい上に能書きも楽しい鍋をご紹介する。もちろん、家族にもいい。

〈みかん鍋〉

これを月刊誌『東京人』（2017年1月号）の表紙で見た時は、目を疑った。みかんが皮ごと丸ごと五つ、鍋で肉や野菜と一緒に煮込まれている。こんな鍋、初めて見た。記事を読んでわかったのだが、山口県周防（すおう）大島の新しい郷土料理だという。ここは温州みかんの産地である。

作り方は色々あるようだが、私が試してみておいしかったレシピをご紹介する。

ポイントは、みかんをよく洗って皮ごと丸ごと焼くこと。オーブンでもトースターでも、餅焼き網でもグリルでもいい。

この鍋のみかんを皮ごと食べるため、焼くと香ばしくなり、甘みが増す。中には「皮には農薬がついているから」とむく作り方もあるし、無農薬のみかんが入手できれば、それもいい。だが、私は塩でしつこく洗って使っている。

なお、材料の量はいつも作っている鍋に準ずる。

- 用意するもの

みかん（4～5個あると驚かれる）　鶏もも肉（白身魚、豚三枚肉、つくねなどもいい）　白菜　長ねぎ　焼き豆腐　しめじ　せり　だし昆布　調味料（酒　みりん　醤油　和風だしの素）

・作り方

❶土鍋にだし昆布を敷き、水を入れて煮立たせる。

❷だし昆布を引き上げ、調味料をすべて入れる。

❸肉、野菜、豆腐を適当な大きさに切り、丸ごとの焼きみかんと共に②に入れて煮る。

❹食べる直前にせりを加える。

みかんを皮ごと食べるのが苦手な人は、皮をむいて房をつぶし、他の具と一緒に食べる。淡い酸味が他の具材とよく合う。

〈開拓者鍋〉

これは私のオリジナルで、迫力満点の鍋。

秋田県の仁賀保高原に、「土田牧場」という広大な牧場がある。鳥海山のふもとで、ジャージー牛を飼育し、良質なミルクやチーズなどを作っている。

土田牧場には、ここでしか手に入らない「開拓者」というハムがある。取り寄せもできる（☎０１８４－３６－２３４８）。ごつくて太い骨には、ずっしりとハムがついている。一個が一・三〜一・七キロもあり、開拓時代の西部劇などで男たちが大きな骨を持ち、まわりの肉をムシャムシャと食べているような、そんなものだ。真空パックから取り出して、むしりやすいように骨に沿って包丁を入れておく。そして、骨つき丸ごと鍋に放り込む。私のオリジナルなので、たいていの人が初めて食べる。何よりもその豪快さに、特に若い男の人は大喜びする。

・用意するもの

「開拓者」 玉ねぎ じゃがいも キャベツ にんじん しめじ 他にトマト、セロリなどどんな野菜でも大きめに切る。茹で卵をゴロンと入れてもいい。中華めんか細めのパスタ（茹でておく） 塩 胡椒 コンソメの素

・作り方

❶玉ねぎをバター（分量外）でよく炒める。

❷土鍋に水を入れ、沸騰したら①と「開拓者」を1個ドカンと入れる。

❸あくを取りながら煮て、コンソメの素を入れる。

❹野菜や茹で卵を入れ、塩、胡椒で味をととのえる。

骨のまわりのハムは柔らかくなっているので、取り分けて食べる。取りにくかったら、鍋奉行がナイフでハムを骨から外し、むしり分けてもいい。薬味として柚子胡椒、

醤油、ぽん酢もあり。ケチャップという人も。
❺締めは中華めんかパスタが合う。

さらに、私にはもうひとつ、自慢のオリジナル鍋がある。驚くなかれ、ＮＨＫテレビで紹介されたほどの逸品だ。家族なり客なりに出す際、必ずドラマとタイトルを語ること。この能書きが大切。鍋の名は、「薄幸の小雪鍋」。

〈薄幸の小雪鍋〉


この鍋を考案するにあたり、私はまず物語を作った。

舞台は青森の下北半島。そこで生まれ育った「小雪」という娘の悲恋物語である。

彼女の父は病床にあり、母は男にまじって力仕事。赤貧洗うが如しの中、小学生の頃から小雪は弟妹の面倒を見て、いつも笑顔で家事をこなしてきた。

やがて美しく成長した小雪は、ヤサグレ男と激しい恋に落ちる。だがある夜、男は「幸せになれよ」と一言だけ残して消えた。

すでに両親もなく、弟妹も独立した小雪は、下北を出た。そして、男が立ち寄りそうな町で「小雪」という小料理屋をやりながら、宮古、釜石、気仙沼……と流れていった。「港町ブルース」の世界である。

北の国では今夜も小雪が舞っている。いくら待っても男は来ない。だが、彼女は笑みをたたえてつぶやく。

「幸せが薄いことには、小さい頃から慣れているわ……」

この悲しい物語を、私は鍋化したのである。NHKテレビで切々と語り、鍋を作ったのに、進行役の上田早苗アナは笑い転げて食べるどころではなかった。無礼な！

・用意するもの

サンマのつみれ　しめじやしいたけなどきのこ類　白菜　長ねぎ　にんじん　豆腐　玉こんにゃく　春菊　大根　調味料（和風だしの素　みりん　酒　仙台味噌）

・作り方

❶大根をおろす。多すぎるほどたっぷりと。

❷鍋に水と和風だしの素を入れ、煮立たせる。

❸他の調味料をすべて入れ、煮立ったらつみれ（市販のもので可）を落とす。

❹火が通りにくい玉こんにゃくを入れた後、他の具材を入れる。白菜、春菊は最後に

入れ、火を弱める。
❺具が見えなくなるように、大根おろしで覆いつくし、火を止める。私の友人たちは「これじゃ豪雪鍋だ」と笑った。無礼な！
❻能書きを垂れながら取り分ける。薬味は大葉、梅肉、白胡麻等々お好みで。
ドラマチックな鍋だが、注意しなければならないのは、大根おろしで覆うのは食べる直前。早くから覆うと「大根おろしの煮付け」になる。もう一点の注意は、大根おろしを入れた後でかきまぜないこと。かきまぜると、「小雪鍋」が「ぬかるみ鍋」になる。もっとも、大根おろしが少ないと食べやすいことは確かなので、お好みで調整を。

各地方色を楽しみ、能書きを誇り、熱々の鍋で夜は更けていく。外はどれほど寒いのか、窓が蒸気で曇る。
家族と女友達と親しい人たちと、またも、ああ、日本に生まれてよかったと、心から思う鍋の冬である。

クエの差入れは
お相撲さん
ゴッチャン
デス
北海道てっぽう汁
せんべいじる
青森
博多
もつ鍋
キリタンポ
秋田
芋煮
山形
チャンコ
東京鍋
周防大島
みかん鍋
京都
湯どうふ
静岡
おでん
ふぐちり
山口
鯨ハリハリ鍋
高知
あんこう鍋
茨城
三重すき焼
広島
カキの
土手鍋
名古屋
トリ鍋

第五章

〝元気で長生き〟のために、何食べる？

「重い女」脱出法とは?
——前編——

ある春の宵、女友達数人と中華料理店に集った。一年ぶりに一緒にごはんを食べるとあって、時間前から大変な盛り上がり。

やがて、

「遅くなってごめんね！」

と言いながら、A子が入ってきた。その姿を見るなり、全員が息を呑んだ。声もなかった。

A子は別人かと思うほど、きれいになっていたのである。

A子がダイエットに成功したという噂はあったが、ここまできれいになっていたのか。やせるとこうもきれいになるのか。

以前はオバサンっぽいパーマの髪型だったが、切ってボブにし、シャープなフェイスラインを見せている。ほっそりした体に、春らしい柔らかな色のワンピースがふんわりと揺れる。顔が小さくなったせいか、目が大きく見え、化粧がよく映えている。

A子はメンバーの中では最年長で、当時六十代半ばではなかっただろうか。ダイエットに成功して十歳は若く見えた。

それまでの彼女は、本当に太っていた。本人の了解を得たので遠慮なく書くが、固太りではなく、胸もお腹もお尻もプヨンプヨンと肉が揺れるタイプの太り方だった。それを隠すために、いつもズドンとした長いブラウスやチュニックを着て、どこから見ても「重い女」という感じだった。

それが今、軽やかなワンピースを揺らしながら、細いウエスト、小さな顔のA子が目の前にいる。衝撃だった。

その夜の話題が、彼女のダイエットに集中したのは当然である。

彼女は専門家の指導を受けながら、炭水化物をカットしたのだという。

「今もずっと続けているわよ」

と胸を張った。昨今の「糖質オフダイエット」や「炭水化物制限ダイエット」が言われるより、ずっとずっと前の話である。

その効果はよくわかった。何しろ、目の前に証拠のA子がいるのだから。

「お行儀が悪くてごめんね」

A子はそう言って、小籠包や水餃子、北京ダックを包む皮はすべて取り除き、八宝菜の具もじっくりチェック。炭水化物系があれば皿のすみによせる。炒飯、めん類は食べない。日頃からワシワシとかっ食らっている私たちは、さすがに刺激を受けた。やせてきれいな女というのは、こういう努力をしているのだ。

その夜、全員がダイエットを誓い、帰宅したのだが、誰一人として続かなかった。

そしてまた一年後だったか一年半後だったか、いつものメンバーであの中華料理店に集った。この店は入り口を入ると半地下のテーブル席が見下ろせ、そこに階段を降りていくようになっている。

先に着いた私たちが賑やかに話していると、B子の携帯が鳴った。彼女は立ち上がり、

「A子が入り口にいるんだって。迎えに来てって」

「何で？　入り口にいるのなら来れば……」

B子も首をかしげながら迎えに行き、やがて二人で階段を降りてきた。私たちは下から見上げ、全員が息を呑んだ。声もなかった。

A子は、みごとなまでにリバウンドしていたのである。

B子に支えられながら階段を降り、杖をついていた。以前のA子より太っているように見えたし、服はまたズドーンとしたチュニックに戻っていた。靴はスニーカーだった。

この夜の話題が、リバウンドに集中したのは当然である。A子は正直にその顚末をすべて語った。

「最初はよかったけど、炭水化物を制限し続けると、つらくてつらくて。たまたまテレビで、脳の栄養は炭水化物だというのをやってたの。大変だ、このままじゃ呆けるわと思って、家にあった娘のコンビニお握りを一口だけ食べたのよ。もうダメ。こんなにおいしいものが世の中にあるのかと思った。あとは毎日毎日、食べて食べて食べまくった」

結果、以前に太っていた頃から悪かった膝に来て、手術を受けたそうだ。

その夜、A子は皮をはがさずに嬉しそうに北京ダックや水餃子を食べ、炒飯も焼きソバも食べた。

「たぶん私、炭水化物を食べる大義名分を探してたんだと思う。脳の栄養と聞いてシメタと飛びついたのよね。あなたたちに言っておくけど、やっぱりバランスよく、腹八分目で三食食べるのが一番いいの。一生、炭水化物を制限して生きられるわけないわよ」

炭水化物や糖質の制限を、長期にわたって続けるのは危険だと、今は言われている。リバウンドと手術を経たA子は、その後、医師の指導で週に三回、プールで歩き、バランスよく腹八分目を守る。結果、現在はダイエット前の肥満体よりは少し細いというレベルまでこぎつけた。

私は高校生の頃は身長一六七センチ、体重四十五キロで、五十代に入るまでは体重五十キロ程度をキープしていた。そのため、ダイエットはしたことがなかった。ところがだ。五十二、三歳から太り始めた。まさしく「中年太り」である。何とかしなくてはと思いながら、何もせず数年が過ぎた。

そして忘れもしない二〇〇五年、ある出版社の企画でプロレスラーの武藤敬司さんと対談した。旧知なので話が弾み、楽しい時間だった。

何週間か後、対談原稿と数枚の写真が編集部から送られてきた。書籍に載せるため、チェックするのである。

写真を見るや、仰天した。私のデブなこと、顔も体も巨大なこと！　決してオーバーではなく、隣に座る武藤さんよりデカく見えた。プロレスラーより巨漢の写真を出されてはたまらない。すぐに編集部に電話を入れ、恥も外聞もなく「もう少しマシな写真も見せて欲しい」と頼んだ。

編集部はすぐに二十枚以上の写真を送ってくれた。その全部を血眼になってチェックしたのだが……ああ、最初に送られてきたのが、一番マシだったのである。私ってこんなにデブだったのか。初めてわかった。

この時、私はハッキリとダイエットを決めた。今だから書くが、恐る恐る体重計に乗ると、六十八・五キロあった。身長は高校生の時より二センチ低くなり、一六五センチ。ＢＭＩは25超で「肥満」である。

すでにＡ子の失敗を目のあたりにしており、何かを制限したり何か一品だけを食べるダイエットはやめろと言われていたのに、やはりそれが手っ取り早いのだ。私は「こんにゃくドリンク」に走った。

各種の栄養を加えた粉末こんにゃくを、水に溶かして、朝夕に飲む。朝夕はそれだけで、昼食は何を食べてもいい。効果は確実に出た。やがて朝も普通に食べ、夕食だけ「こんにゃくドリンク」を飲んだ。私は箱で届けてもらっていたが、十日分だか二週間分だかが入って、六五〇〇円だったはずだ。

こうして、一年ほどで五十三キロまで落ち、そこでやめた。ドリンクはおいしいものではないし、夕食のお誘いも多い。あとは自分で食べ方を考えて、この体重をキープできると思ったのだ。

だが、なかなかできるものではない。ずっと、六十一キロあたりをウロウロだ。

そんな中で前述したように、私は急性の心臓と血管の病気に襲われ、二回の手術と計四か月の入院を余儀なくされた。入院中、体重は四十六・五キロまで落ち、筋肉も落ち、歩くどころか立つ力さえなかった。病気でやせるのは論外である。

それでも退院する時には、体重は五十キロ近くまで増え、ヨタヨタながら自力で歩ける力がついていた。その時、医師に「心臓に負担がかかるので、太らないように。せいぜい五十三、四キロまで」と厳命された。その後に続けた言葉を、今も私は太りそうになるたびに思い出す。

「太るということを、車にたとえるとよくわかるんです。人間の体はみな普通車仕様なんですよ。内臓をエンジンとすれば、普通車のエンジンがついています。車体、つまり体も、そのエンジンに見合った大きさです。だけど、太るということは、普通車のエンジンに大型車の車体がつくことですよ。場合によっては二トントラックや、ひどい人は一〇トントラックの車体が乗っかるということです。これでは普通車は走れない。壊れます」

人間も同じことなのだ。筋肉が増えて体が大きくなり、体重が増加するのはいい。だが、肥満で増加するということは、普通車仕様の内臓や骨に、トラックの車体を動かせということだ。A子の膝が壊れたのは、間違いなくこれだ。私の心臓が壊れたのも、これと無縁ではないかもしれない。

「重い女」脱出法とは？ ——後編——

いつのことだったか、元横綱曙太郎の母親が「タロイモでやせた」と語る記事を読んだ。

曙はハワイ出身で、母親もハワイの人だ。私は太っていた頃の彼女の写真を見たことがあるが、鮮やかなムームーがよく似合い、笑顔の優しい人だった。ただ、確かに「巨漢」というほど太っていた。

それがタロイモで理想的に減量したという。タロイモはサトイモ科の多年草で、南太平洋の島々では主食にしているそうだ。

かなり昔の記事であり、ハッキリとは覚えていないのだが、これまで彼女はどうやってもやせず、内臓に負担がかかっていたらしい。血糖値に問題も出てくるため、どうしても体重を落とす必要に迫られていた。そこで医師だったか栄養士だったかの指導で、タロイモ中心の食生活に変え、それを続けた。すると、きれいにやせた上に体調がよく、体力もついたというような内容だった。

タロイモは、昔からハワイでもよく食べられているらしい。彼女は「伝統的な主食」を中心にした食生活により、頑固な肥満から脱出したのである。

私はこの話を知った時、医学博士で宮崎大学の島田彰夫教授の言葉を思い出していた。それは、「人間は生まれ育った土地の主食をふんだんにとることが大切」というものだった。

教授は「ヒトの食性と食文化」の研究者で、私は雑誌の対談でお目にかかったのである。

「ヒトの食性」、つまり地球上の人間はどのような食べ物を、どのように食べているかということである。それはアジア、欧米、アフリカ等々、地域によって違い、国によって違う。各地の人々は長い歴史の中で、その食性に合った体の器官になっていたり、遺伝子も違っていたりするそうだ。そのため、かかりやすい病気も国によって違うし、欧米人にはすばらしい食べ物が、日本人には害を引き起こしたりもする。

そのわかりやすい例が「牛乳」であると、よく言われる。教授もそう語っていたが、アジア人やアフリカ人は、牛乳の成分を分解する酵素を持っていないため、白内障を起こしやすい場合もあるという。

話題の新書『欧米人とはこんなに違った 日本人の「体質」』（講談社）の著者、奥田昌子（まさこ）さんは内科医で医学博士だが、やはり地球上の人間にはそれぞれ違う体質があるとして、「日本人の体質に牛乳が合っているかは疑問」と書く。「乳製品の摂取量が増えるほど前立腺がんの発症率が上がるという結果を得た」という。

島田教授をはじめ、多くの研究者が日本人の肥満と病気は、食事の欧米化によるところが大きいとしている。牛乳の例でわかるように、体質が違うのだから、やみくもに欧米化したのは確かにまずかったと気づく。教授は私との対談で、「昔の日本で当たり前だった食事」に戻すのが一番体によく、肥満になりにくいと断言した。

「昔の当たり前というのは、何千年という、言ってみれば人体実験の歴史みたいなね、そういうものの中でできあがってきたものでしょう。ですから、そっちの方がまず間違いないんです」

さらに驚かされたのは、日本人である私たちへの次の言葉だ。

「ご飯と味噌汁は、今食べている量の三倍食べなさい。そして、おかずは今、食べている量の三分の一に減らしなさい」

私は仰天し、質問している。

「そんな食べ方をして太り過ぎませんか」

教授はスパッと答えた。

「この前、大正十二年に愛知県工場会が発行した『工場飲食物献立表』というのを手に入れたんです。二十歳前後の女の人ですけども、お米を食べる量が一日四合と書いてあるんです」

「全員肥満だったのでは……？」

私が恐る恐る聞くと、教授は笑った。

「当時、肥満なんていないですよね。それだけの米を食べていても」

そして、栄養のバランスがよかったから、体力もあったという。

その時、ふと思い出したのは宮沢賢治の「雨ニモマケズ」である。あの有名な詩は「雨ニモマケズ　風ニモマケズ　雪ニモ夏ノ暑サニモマケヌ」で始まり、「一日ニ玄米四合ト　味噌ト少シノ野菜ヲタベ」と続いている。

私は以前から「玄米四合って食べ過ぎじゃないの」とあきれていたのだが、教授の

言葉を聞き、賢治ら当時の人たちは、本当に玄米四合と味噌汁を核にした食事だったのだと思った。確かに、写真で見る賢治も、その友人知人、家族も、男女共に誰も太っていない。

曙の母親が、地元で主食にしているタロイモ中心の食生活にして、体力を落とすことなくやせたからといって、タロイモで日本人はやせるまい。日本人には「玄米四合」なのだろう。曙の母親の例も、賢治の時代の人々の写真も、その地の民族にはその地の伝統食が最もいいと示している気がする。

日本人はもっと米を食べる必要があると説く学者や専門家は多い。

幕内秀夫さん（健康・料理評論家）は、『週

刊朝日』（2016年12月2日号）に書いている。

「ヘルシー食品のほとんどは単に『高価』なだけで、『効果』などありません。本当のヘルシーは、昔ながらの農作物を中心とした食生活にあります」

そして、「ご飯と味噌汁で、8割近い栄養素がとれてしまう」と断じている。

また、前出の奥田医師は、違った角度から説いている。

「日本人は炭水化物の摂取が減ると膵臓に負担がかかり、インスリンの分泌がさらに減って糖尿病を発症しやすくなる」

インスリンは炭水化物からのブドウ糖を臓器にたくわえたり、エネルギーに変えたりして、血糖値が上がり過ぎないようにする力を持つ。だが、日本人は体質としてその分泌が少ない。

奥田医師は、以下のように続けている。

「糖尿病がなかった時代の日本人は、よく歩き、玄米や雑穀米をしっかり食べて、定番のおかずは、アジ、サンマ、サバなどの背中の青い魚と大豆製品、そして野菜や海藻でした」

現在、ダイエット情報があふれ、何を信じていいのかわからない。

だが、日本人が一日に四合の玄米と味噌汁を主食にしていた時代、肥満はいなかった。また、曙の母親は伝統の主食を核にした食事で、頑固な肥満から脱出した。民族の食性に沿う食生活は試す価値があるように思う。

とはいえ、世は「炭水化物を減らせばやせる」という方向にある。それについて、奥田医師は「日本人にとって問題なのは『内臓脂肪』であって、欧米人のように体重そのものを30kgとか50kg落とさなければならない人は多くない」と書く。まさしく、曙の母親はそうだ。体重そのものをドカンと落とし、「重い女」から脱出したタイプといえる。

さらに、奥田医師は、興味深い証例を挙げている。「炭水化物を制限した食事」と「脂肪を制限した食事」を比べてみたところ、脂肪を制限した食事の方が、体内の脂肪は一・七倍多く落ちたという。一方、体重は炭水化物制限食の方が落ちた。

これについて研究者たちは「炭水化物は水と結びつく性質がある」ことから、炭水化物制限食で体重が減ったのは、

「水が抜けただけ」

としているそうだ。

私は大病をして以来、ごはんと味噌汁中心の食生活に切り替えた。

確かに「昔の当たり前の食事」は、脂肪が非常に少ない。病気をして八年がたつが、体重は五十四キロ台で動かず、今のところ「重い女」にリバウンドする気配はない。

シニアよ、やっぱり肉食を

「肉食シニア」という言葉を聞いたことがおありだろうか。

読んで字の如く、積極的に肉を食べている高齢者を指す。日常の食卓にも肉がのぼり、外食でも焼き肉、すき焼き、ステーキなどを好んで食べる。今は、「肉食シニア」なる言葉が生まれるほど、こういう高齢者が増えているという。

かつて、日本の「ご隠居さん」は、柔らかく炊いたごはんに豆腐の味噌汁、煮物、納豆などあっさりして、あまり噛(か)まなくていいものを好んだ。

現在、日本人全体の肉の消費量は大幅に増えており、一九六〇年には一人一年当たり三・五キロだったのが、二〇一三年は約一〇倍だ（独立行政法人農畜産業振興機構調べ）。

有名無名にかかわらず、「肉食シニア」とされる方々を見ていると、大切なことに気づく。それは単に存(なが)らえているというだけでなく、仕事から趣味に至るまで、ごく当たり前に活動を続けている人が多いことである。これは肉食が作るパワーなのか。だとしたら、なぜシニアは積極的に肉を食べるとパワーが出るのか。

医師で白澤抗加齢医学研究所所長の白澤卓二先生が、山田養蜂場の山田英生社長との対談でとてもわかりやすく語っておられる（二〇一三年山田養蜂場ホームページ）。それを箇条書きにしてみよう。

1．六十五歳以上の高齢世代では、粗食は老化を早める場合がある。
2．自分の身の回りのことが自分でできる高齢者は、肝臓で作られるタンパク質が足りている。
3．肉からは良質なタンパク質が得られ、免疫力をつけるのにも役立つ。
4．肉にかたよらず、魚を食べることも大切。ただ、摂取できるタンパク質の量は大きく違う。すき焼き用牛肉200グラムからは60グラムのタンパク質が摂れる。一方、170グラムのアジ一匹を塩焼きにすると、タンパク質の量は15グラム。
5．老化を遅らせるためにも、適量の肉をしっかり摂ることが大切。
6．勧めるのは豚のヒレ肉。ビタミンB_1は牛肉の約十倍。脂肪やカロリーも少ないため、肥満や生活習慣病予防にもよい。

ということだ。現実に、多くのメディアで、肉食のよさが取り上げられているが、それが本当に若々しいシニアを作っているのか。実際に私がお会いした人だけをご紹介する。

庄司昊明（こうめい）さんは、今年九十一歳。粘着素材の研究から販売に至るまでの企業「リンテック」の社長、会長を経て、現在は相談役である。

いつも洒落たネクタイにスーツ姿で、肌は張り、シワも全然目立たない。もちろん、頭もクリアだし、ゴルフを続ける体を持つダンディな九十一歳である。

庄司さんは東北大学出身で、私の先輩というご縁から、夕食をごちそうになった。驚いた。バターをのせた二〇〇グラムのサーロインステーキをレアで。それにガラス鉢一杯のサラダも、ライスまでもきれいに完食。左手にはウイスキーグラスだ。

以来、月に一度ごちそうになっている後輩だが、聞けば、外食はたいていステーキだという。話題は政治からスポーツまで何でもござれ。白澤先生がおっしゃるように、老化が進まないのは、肉食のおかげかと思わされる。

また、有名な女性肉食シニアは、作家の瀬戸内寂聴さんである。

今から二年ほど前だったか、先生のお宅に作家の林真理子さんが訪問されるテレビ

番組があった。その時、林さんは有名なカツサンドをお土産に持参している。すると、それを見た寂聴さん、嬉しそうに笑って、

「あなたはいつもこれをくださるのよね」

と大喜びなさる。

そのカツのぶ厚いことぶ厚いこと、今時の草食男子なら「ボク、ひとつで十分」と言いそうだが、寂聴さんのあの喜びようでは絶対にひとつということはないだろう。

そして、同じ番組だったか覚えていないのだが、寂聴さんは執筆を終えた深夜、スタッフと鍋を囲んでしゃぶしゃぶだ。深夜に牛の霜降り肉だ。言葉は悪いが「ぶったまげた」私である。むろん、左手にはワインだったかシャンパンだったかが。

二年前だとすると、「瀬戸内寂聴九十二歳」である。それも、背骨の圧迫骨折や胆のうがんを患った後である。

実は私は寂聴さんとは、まったく面識がない。なのに、「実際に私がお会いした人」としてご紹介しているのは、たまたま東京駅でお見かけしたのである。東北新幹線改札口近くの、ガラス張りの待ち合い室だった。どなたかと熱心にお話しされていたので、ご挨拶は遠慮したのだが、間近で拝見した肌の白くてきれいなこと！　談笑され

ている表情が、目にも仕草にも力が宿り、「老人」のものではないのである。見惚れた。今年九十五歳で、小説を書き続けておられる。そこには多くの要因があるにせよ、粗食ではなし得ないことではないだろうか。

そして、聖路加国際病院名誉院長の日野原重明先生の肉食ぶりもよく知られている。私はずっと同病院で定期検診などを受けているのだが、四年前に入院した時のことだ。病室の外から「内館さん、日野原です」と声がした。以前から対談などで何度もお会いしていたが、突然の声にびっくりした。

「どうぞお入りください」と答えてベッドに上体を起こそうとしたが、その前にタッタッタとすごい健脚で入っていらして、

「ああ、そのままそのまま。僕、明日から講演などがあってロサンゼルスでね。今日会えてよかった。うちの医師たちはいいからね、心配いらないよ」

と私の手を握るなり、またすごい速足で出ていかれた。上体を起こしてお見送りしようにも、間に合わない速さに、私は呆然とした。あの時は一〇二歳だったはずだ。あの速足、ロスまで飛んで、立ちっぱなしの講演……。この時もふと肉食の力かと思ったものだ。

私の聖路加の主治医、新沼廣幸先生は日野原先生を定期的に診ておられた。そこで私の定期検診の時、一〇六歳になろうとされる日野原先生のことを、新沼先生にうかがってみた。

新沼先生は開口一番、言い切った。

「化け物と言ってはナンだけど、人間離れしていますよ」

「やっぱり！　肉食のおかげですか」

「人間が元気でいるためには、タンパク質が必須で、それは質のいい肉の赤身から摂れます。だから、腎臓が悪くない人には、肉食はとても体にいいんです。でも、日野原先生は野菜も魚もバランスよく摂ってますよ。僕もシニアに肉食は勧めますが、肉食にかたよってはダメ。日野原先生は脂のないステーキを一日おきに、魚と野菜とごはんは毎日というバランスですね。ただ、この二月以降は少し柔らかいメニューを取り入れています」

白澤先生も前述の対談で、「魚と肉は一対一の割合で一日おきに交互に食べる」ということを勧めている。

とはいえ、肉食はよくないとする説も耳にする。大腸がんのリスクも考えられ、シニアは日本人の体質に合った粗食の方がいいとされる説も根強い。

今も語り伝えられている実験がある。

明治初期に東大の前身の東京医学校に来たE・v・ベルツという医師が、東京から日光までの一一〇キロを馬で行った。途中で馬を六回取りかえ、十四時間かけて日光に到着。二回目は人力車で行くと、一人の車夫で十四時間半で到着。びっくりしたベルツは車夫を二人雇い、走らせてみることにした。そして、まず何を食べているかをチェックした。ろくなものは食べていない。

そこでベルツは車夫に肉など栄養価の高いものを食べさせると、三日で走れなくなった。再び元の粗食に戻すと、また走れるようになったというのである。

これを考えると、魚や米など日本人の食性に合った食事を考えてみることは必要かもしれない。「バランスのいい食事」という結論はありきたりだが、

「肉と魚を交互に毎日」

というのが、最もかしこい「肉食シニア」のあり方ではないだろうか。

ただ一生懸命に作り続ける

本書の冒頭で詳しく書いたが、私の食生活を一変させたのは、医師から言われた一言である。

「一本の点滴より一口のスプーンですよ」

重い急病から「奇蹟的」に一命を取りとめたものの、全身の筋力が落ちており、飲み込むことができない。汗だくになり、途中で横になって休み、二時間ほどかけてもほんの少ししか食べられない。これでは力がつかないと思った私は、「点滴に戻してほしい」と医師に申し出た。すると、医師はハッキリと言ったのである。

「一本の点滴より一口のスプーンですよ」

目がさめた。

そして、退院後は徹底して食生活を見直した。「食べることは生きること」なのだと、身をもって体験したからである。「バランスよく食べる」などという言葉は、誰しも耳にタコだろう。だが、このありきたりな説が、結局は健康に生きることの基本なのだ。やっと気づいた。

それまでの食生活は、夜は仕事を兼ねた会食が多かった。重い中華、フレンチ、イタリアンなどのフルコースにビールやワイン。翌朝は食べたくない。コーヒーだけになる。この繰り返しだ。

家で原稿を書いている時は台所に立ったが、いつでもフライパンが出ている。野菜でも肉でも卵でも、あるものをシャッシャッと炒めて塩胡椒、もしくは醤油。ごはんはたくさん炊いて冷凍しておき、チンして佃煮などで食べる。美食と粗食の落差が尋常ではない。

テレビドラマの現場は過酷である。私は原稿を書くのが相当速い方だが、それでもNHKの朝の連続テレビ小説や大河ドラマをはじめ、追われまくる。とはいえ仕事は楽しく、ストレスはなかったのだが、少しずつ太っていった。バランスなど考えもせず、塩分過多の食事を二十年も続けているのだから、当然だ。

私は身長一六五センチで、一番動きやすい体重は五十四キロ台である。ＢＭＩではやせすぎになるが、最も体調のいい数値である。それが、二〇〇〇年代の前半だろうか、最高値の六十八・五キロになった。

「まずいッ」と焦ったが、それでもそれがいい加減な食生活に原因があるとは考えもしない。そこでやせるために、こんにゃくドリンクを朝夕に取り入れた。口に入れる食材はますます減ったわけである。体重は五十三キロに落ち、ドリンクは一年ほどでやめた。もっとも、食生活を重く考えていないことに変わりはなかった。

そして二〇〇八年、倒れたのである。当時は六十一キロで、BMIは適正値だが、不健康な太り方であったと思う。大手術を経て、四十五・六キロまで落ちた。BMI17である。立つとユラユラと揺れ、風が吹くと倒れそうだった。それでも「ああ、人生で再び四十キロ台の日が来るなんて！」とどこかで喜んでいたのだから、女の「やせ願望」は救いようがない。

退院を控えていた日、「太るということ」について医師に言われた。これも前述したが、とても説得力があった。

「車にたとえると、人間の内臓や骨・筋肉はエンジンやバッテリーなどに当たる。すべて普通車仕様です。ところが太って脂肪がつくということは、車のボディだけが大型バンになり、二トントラックになり、一〇トントラックになるということです。普通車のエンジンやバッテリーが、それほど大きなボディを支え続けては無理が来て当然。退院後、内館さんはもっと太らないといけませんが、普通車仕様の心臓にバンの体重をのせてはダメです」

五十四キロ台がベストのマイカーにとって、六十キロ台は、まして六十八・五キロは一〇トントラックの車体だったのだ。動脈や心臓はずっとそれに耐え、頑張ってきたと思う。が、ついに壊れた。可哀想なことをした。

以来ずっと、私はまじめに料理をしている。

その際、決めたことがある。

「体にいいものばかりにこだわらない。ただし、国産にはこだわる」

体にいいものにがんじがらめになっては、仙人のような食事になりそうで、楽しくないからだ。

「レトルト、インスタント、冷凍食品も使う」

長続きさせるためには、これらも上手に使うことは大切と考えた。

「外での会食は何でも。お酒も」

会食は楽しく食べ、飲むことが基本だと思い、医師と相談の上で決めた。私は家ではまったく飲まないのでアルコールは問題ないが、外食はどうしても塩分過多になる。だが、それは自宅の食事で調節する。自分で料理をすればこその利点だ。

「食べたもの、飲んだもの、体重を毎日記録」

見開きで一週間のノートに、飲食した時刻とその内容を書く。バランスはいいか、何を食べて体重がふえたかなど、一週間の飲食がひと目でわかる。

かつて「レコーディング・ダイエット」が脚光を浴びた。毎日の飲食を記録するだけでやせるというものだ。私の場合、その効果は出ない。ただ、一六五センチ、五十四キロ台を十年間キープしているのは、記録したからではなく、記録をチェックして、自分で台所に立っているからだと思う。

料理研究家の土井善晴（よしはる）さんの印象的な言葉が重なる（「読売新聞」二〇一八年四月十三日付夕刊）。

土井さんは名高い料理研究家の土井勝（まさる）さんを父に持ち、海外や日本の料亭で修業を積んだ。その頃、家庭料理は「究めるものではない」と下に見る気持ちが拭（ぬぐ）えなかったそうだ。

そんな時、京都市の河井寛次郎記念館に立ち寄った。河井は無名の職人らが作った日用品に美しさを見出し、民芸運動を起こした一人である。土井さんは展示されている品々に目を奪われたという。それらは暮らしの中にあり、素朴な美しさを持つものばかりだった。

「これだ」と思ったそうだ。家庭料理はまさに暮らしの中にある。ごちそうである必要はない。でも、毎日食べても飽きない味でなければならない。土井さんはそう語る。

「見た目や技にとらわれず、ただ一生懸命作り続ければ、それでいい。それこそが尊い営みだと気づきました」

家庭料理には「愛情や家族の絆、やすらぎなどがこもる。これが家庭料理のすばらしさだ」と気づき、「料理人がしのぎを削る美食の世界への未練は消えた」と、その思いが紹介されている。

今、土井さんは家庭料理の魅力を発信する「おいしいもの研究所」を設立し、家庭料理の普及のために全国各地を飛び回っている。普段の食事は「ごはん」「具だくさんの味噌汁」「おかず一品」でよいとする提唱には、私もそうだが気持ちが解放される人も多いのではないか。

「家庭料理とは、一生懸命を積み重ねること。結果は後からついてくる。一生懸命ゆでるというプロセスがあってこそ、おいしいものにたどり着けると、今は思っています」

こんな家庭料理のスプーン一杯は、点滴十本分にも相当するだろう。「家庭料理とは生きること」だと実感する。

本書は月刊『ゆうゆう』（主婦の友社）に連載していた文章だが、連載中から多くの友人知人に言われた。

「料理をしたこともないあなたに書かせるなんて、主婦の友社も変わったわね」

いいえ、私が変わったのだ。

対談①

鈴木登紀子×内館牧子

〝ボケずに健康〟の秘訣は、自分で作って食べること

Profile

すずき・ときこ

1924年青森県生まれ。料理上手な母から日本料理を学ぶ。
22歳で結婚して上京。１男２女を育てつつ、
おいしい家庭料理を作っていたところ、近所の主婦たちに
請われて教えることに。46歳で本格的に料理研究家としての
活動をスタート。53歳からNHK「きょうの料理」にも出演。
レパートリーは家庭料理から酒肴、懐石料理まで幅広い。
著書は『「ばぁばの料理」最終講義』（小学館）他多数。
現在も自宅で料理教室を開いている。

旬の食材といいおだしが「元気で長生き」を支える

ばぁば　お会いするのは、初めてですね？

内館　はい。以前から、ぜひお会いしたいと思っていたんですよ！　今日のお召し物、すごくすてきですね。着るものは、いつもご自分で？

ばぁば　そうよー。服でも何でも自分で選ばないと気がすまないの。あなた、おみ脚が長いのね。スタイルがよくて、びっくりしちゃったわ。

内館　嬉しい！　編集部の方、今の言葉は、忘れずに書いてくださいね（笑）。ばぁばは、いつもヘアスタイルもきれいです。

ばぁば　これは昨日、美容院でセットしてもらったから。昨夜は、こけしのように寝たの。セットがくずれないように、まっすぐの姿勢で、「われながら、こけしのようだわ」って思いつつ眠ったのよ。

内館　あははは、面白い。ばぁばは、おしゃれで、頭の回転も速くて、ユーモアもおありで……。こんな九十代は、なかなかいませんよ。

ばぁば　あら、そうかしら。

内館　ええ。実は次に取りかかる長編小説は、おばあさんを主人公にしようと考えて、今、折に触れては高齢者の方にお会いしているんですけど、ばぁばのように潑剌（はつらつ）とした女性は少ないです。かっこいいおばあさんと元気のないおばあさんの差は、七十四、五歳ぐらいからどんどん開いていくような気がします。その違いは、どこにあるんだろうと思って。

ばぁば　健康は大事よね。私は九十歳近くまで大きな病気もしなかったし、虫歯もまだないのですよ。それは、食べ物のおかげかな。やはり、自分で食事を作って、ちゃんと食べることは欠かせないと思うの。

内館　健康でいるためには、食のどんなことに気を配ればいいですか？

ばぁば　一番は、旬（しゅん）を大切にすることじゃないかしら。

内館　最近は何でも一年中あるので旬がわかりにくいですけれど……。

ばぁば　お店で、山盛りになって安く売っているものが旬よ。

内館　あッ！　そうか！　そうですね。それ、すごくわかりやすいです！

ばぁば　私は子供の頃から、母が買い物したり料理を作ったりするのを見て育ちました。その母が旬をとても大切にする人だったの。私も旬のものを料理しながら三人の子供を育てました。あるとき、うちの娘たちが取材を受けて、「贅沢ではないけれど、おいしいものを食べさせてもらって育ちました」と話していたので、「ああ、わかっていたんだな」と嬉しくなったわ。旬のものは、おいしくて、そして力になるのよね。

内館　では、ばぁばの健康の秘訣は、まず旬のものをおいしく食べるということですね。それから？

ばぁば　料理教室の生徒さんには「おいしい料理を作りたいなら、いいおだしを取ってね」と言ってます。

内館　おだしですか。今、水だしをおいしくいただいていますが、料理を始めてまだ七年の私には、本格的にだしを取るって、ちょっとハードルが高いんです。

ばぁば　六十代で料理を始められたとか。えらいわー。

内館　いえいえ。病気がきっかけで。六十歳のときに急性の動脈疾患と心臓病に襲われて、生死の境をさまよったんです。二週間の意識不明からようやく回復した後、医師に聞かれたので、普段の暮らしぶりを説明したんですね。そのとき、先生が一番驚いたのは、私の食事の取り方と食べているもののいい加減さでした。

五味五感を使う料理は脳の老化も防止

ばぁば　お料理を始めるまでは、どんな食生活だったの？

内館　たとえば、撮影が始まると、ロケ地でロケ弁ばかり。東京で打ち合わせが続けば、ある日はヘビーな中華料理、翌日はヘビーな天ぷらという調子です。そして、自宅でひたすら原稿を書くときは、毎日、自分でフライパンで何かを適当に炒めておしまいみたいな感じで。そんな生活を四十歳ぐらいから二十年間続けていたんですね。そして倒れたので、先生が「倒れた原因はいろいろあるにしても、あなたの場合、一番は食生活だな」とおっしゃって。それで「これからは、自分でちゃんとした料理を作って食べよう」と心に誓ったんです。

ばぁば　実際に料理を始めて、どうですか？　面白い？

内館　料理本、雑誌や新聞の料理記事を見ながら、その通りに作ってみたら、意外とできたので、ああ、これはいけるかもと思いました。やってみたら面白いですね。だしをちゃんと取れるようになったら、もっとおいしくなるかしら。

ばぁば　おだしは手順さえ覚えれば誰でもおいしく取れますよ。鰹節や昆布はある程度いいものを選び、ケチらずに使うことがポイント。それから、焼き干しもお勧めよ。

内館　煮干しのかわりに焼き干し？

ばぁば　そうよ。片口いわしの幼魚を焼いてから干し上げたのが焼き干し。頭とわたが取ってあるから、雑味が生じなくて、品のいいお味が出るの。一本で一人分のおだしが取れます。ただ、手間ひまかかっているので、お値段は煮干しの十倍はしますよ。それでも、このおだしでお野菜だけ煮ても、とてもおいしい一品ができあがるから重宝なの。

内館　焼き干し、いいですねえ。

ばぁば　お味噌汁も、このだしを使えば、お味噌は少なめで大丈夫だから減塩にもなるし。お味噌は、秋田のこまち味噌をよく使ってます。これは、普通のお味噌の三倍のお値段だけど、お味噌汁を薄めに作っても、とてもおいしい。

内館　やはり調味料には、ある程度お金をかけた方がいいと？

ばぁば　若いときは、それなりでいいと思うの。でも、年を重ねたら、体のことも考えなければね。

内館　普段から、体によくて、「おいしい！」と幸せな気持ちになるものを食べていれば、それが健康につながり、将来、医療費もかからなくなりますものね。そう考えれば、食材に少しぐらいのお金を出したって、決して惜しくない。十年後、二十年後に病気になって高額な医療費を払うより、今から食費に回して健康に暮らす方が、誰だって楽しいし。

ばぁば　ですから、皆さんには何歳になっても体のために、お料理は続けていただきたいのですよ。

内館　それに、料理をやってみて気がついたのは、頭を使うということ。こっちを煮ている間に、これを切ってとか、段取りを考えることが必要になってくるんですね。

ばぁば　そうなのよ。おいしく作ろうと思うと、気が抜けない。おまけに目や指先や舌、鼻や耳も使うでしょう？　料理は五味五感といって、あらゆる感覚を使うから絶対に老化防止にもなると思いますよ。

いくつになっても食べることに興味を

内館　ゆうゆう世代になると、家族が減って、「料理のしがいがない」という人もいるようです。

ばぁば　うちの娘などは、子どもが巣立ったら、夫婦の食事を楽しんでいるみたいよ。「大人の料理が楽しめる」と言って、お酒に合うものを何品も作り、時間をかけて夫婦で晩酌をしてるの。そういう楽しみ方もあるわね。

内館　夫が亡くなって、一人暮らしという女性もいますが、この変化に慣れるのは大変だと思います。

ばぁば　私は、七年前に夫が亡くなり、五年間一人暮らしをしましたが、娘が「心配だ」と言うので、昨年から娘夫婦と同居しております。

内館　一人暮らしの五年間は淋しかったのではありませんか?

ばぁば　そうね。でも以前と変わらず料理もしたし、食事のときは、そばに夫がいるつもりで「パパ、おいしいわね」と話しかけて食べたりしていましたよ。「一人になって、作る張り合いがなくなった」という人は、それではどうしたらいいかを、自分で考えなきゃね。だって、もう以前の生活は戻らないのですもの。新しい暮らし方、お料理の楽しみ方を考えるといいと思いますよ。

内館　多くのゆうゆう世代は、自分一人で食べると思うと、作るのも面倒になるんでしょうね。

ばぁば　面倒だと思ったときは、それなりの料理でいいのです。いつもいつも、ちゃんと作らなくても。「今日は簡単にすませたい」という日のために冷蔵庫に常備菜、冷凍庫には小分けにした食材やお総菜を凍らせておくと便利よー。

内館　先ほど、ばぁばからお土産に頂いた冷凍の鮭の切り身も、焼いただけでおいしい主菜ができるから、手軽でいいですね。

ばぁば　食事は色々工夫して、自分なりに楽しむことが大事。私は、好きな食べ物のことを思い浮かべると幸せな気分になりますよ。いつも、次に食べるもののことを考えているの。「今夜は何を食べようかしらねー」と言って、「今、お昼ごはんがすんだばかりよ」と娘があきれることもありますけれどね（笑）。

食事制限があってもおいしいものを諦めないで

内館　私も、おいしそうな食材を前にすると興奮します（笑）。仕事で地方に出かけるときは、日帰りでもキャリーバッグをゴロゴロと引いていく。そして市場や駅の名産品ショップで、キャリーバッグいっぱいに野菜を買ってきちゃう。山形だったら、おソバやこんにゃくなんかも買い込みます。いつも大量に買って帰るので事務所のスタッフに驚かれるんです(笑)。ただ、私には、大病以来、飲まなきゃいけない薬があって、青い野菜をたくさん食べると、その薬の効きが悪くなってしまいます。ですから青野菜は少しずつしか食べられないのが残念。

ばぁば それは大変ね。年を重ねると、みんな何かしら食事に制限が出てくるものだけど、考えれば、食べられるお

〈根深めし〉

・用意するもの（作りやすい分量）

長ねぎ……3本
米…………600mℓ（3カップ）
だし………適量
Ⓐ 酒…………大さじ3
Ⓐ 醬油………大さじ3
Ⓐ 塩…………小さじ⅔

・作り方

❶米は炊く1時間以上前に手早く洗って鍋に入れ、水3カップに浸しておく。
❷ねぎは白い部分を2cm長さのブツ切りにする。青い部分はとっておく。
❸①の水を玉杓子でできるだけすくい取り、同量のだしを加える。
❹Ⓐを加え、よくまぜて塩を溶かす。
❺ねぎを入れ、ふたをして強火にかける。煮立ってふたがカタカタしてきたら、そのまま40～50秒間待って弱火にし、13～14分炊いて火を止め、10分蒸らす。
❻その間に、ねぎの青い部分を包丁で切り開き、刃先でぬめりをそぐ。せん切りにして水に放し、シャキッとさせる。
❼蒸らし終えたら、しゃもじで鍋底からふんわりとまぜる。器によそい、水気を切ったねぎの青い部分を添える。

料理はいくらでもあるし、おいしいものを諦める必要はないと思うのよ。あなた、こんにゃくは食べてもいいのね？

だったら、焼き干しで取ったおだしを鍋にたっぷり入れて、こんにゃくを時間をかけて煮たら、それだけで結構な一品になるわよ。やってごらんになったら。

内館　感動的に簡単ですね（笑）。

ばぁば　ねぎの白い部分をお米と一緒に炊く〝根深めし〟も、お勧めよ。優しい味で夫

〈すくい豆腐の吉野あん〉

・用意するもの（4人分）

干ししいたけ………5個
絹ごし豆腐…………1丁
昆布（20㎝長さ）……1枚
だし…………………1½カップ
本くず（なければ片栗粉で代用）
……………………大さじ2
おろしわさび………適量
みりん………………½カップ
醤油…………………¼カップ

・作り方

❶干ししいたけは2カップの水で戻す。絞って石づきを除き、3〜4㎜幅に切る。
❷豆腐は昆布を敷いた鍋に入れ、かぶるくらいの水を入れて弱火で温める。
❸小鍋にだしと①を入れ、中火にかける。煮立ったら、みりん、醤油を加える。ひと煮立ちさせて本くずを同量の水で溶いたものを回し入れ、軽くまぜる。
❹②をすくって椀に盛り、③をかけておろしわさびを添える。

も大好きだったわ。

内館　ばぁばの頭の中には、食材別だけでなく、そのときどきの家計や人数や時間などで、たくさんの料理がインプットされているんですね。

ばぁば　ええ。たとえば、子育て中、夫のお給料前でお財布が軽くなってくると、「何とかお金をかけず家族においしいものを食べさせたい」と思って作っていたのが、〝すくい豆腐の吉野あん〟というお料理。お豆腐さえ買えばできるの。そうやって、色々作ってきましたよ。

お肉も食べるし白いごはんも大好き！

内館　最近は食に関して、さまざまな情報が氾濫していて、肉を食べろという説もあれば、粗食がいいという説もあります。また、炭水化物を控えよ、いやダメだという情報もあったりします。ばぁばのような九十代になるには、何がいいんでしょう。

ばぁば　私は週に三回ぐらいは、お肉を食べるかしら。お肉は食べた方がいいと思いますよ。だって、元気になるでしょう？

内館　そうですよね。私も食べています。じゃあ、炭水化物は？

ばぁば　ごはんも大好き（笑）。昔から電気炊飯器ではなく文化鍋を愛用しているんですけど、炊きたてのごはんは、本当においしいわよねー。

内館　私は土鍋で炊いてます。お昼ごはんを食べ終えたら、その土鍋にはお湯を入れておくんです。すると、底にくっついていたごはんが、夕方にはおかゆみたいになる。それに、海苔や焼き鮭などを少し加え、温めて食べると、おいしくて幸せな気分になります。

ばぁば　そこにお漬け物でも添えれば、もう大満足よね。

内館　お漬け物があると、本当にごはんがおいしいです。母の故郷の秋田では昔、知り合いを見かけると、「がっこちゃっこしてけー」って言ってました。「がっこ」が漬け物、「ちゃっこ」がお茶で、「漬け物でお茶を飲んでいきなさい」という意味。東北人はお漬け物が大好きですよね。

時には「悔しい」という思いも大事

内館　食の情報は色々あるけれど、医師の指導は守りつつ、これを食べていると元気が出る、心身共に健やかだという〝自分の感覚〟を大切にすることも、忘れてはいけないのかもしれませんね。

ばぁば　感覚は大切よ。お料理の材料や調味料の分量も、自分の感覚に頼ると一番おいしくできるの。お鍋の大きさと、材料の分量をひと目見たら、それに合わせておだしはこれぐらいで、調味料はそれぞれこれぐらい、というのが感覚でパッとわかる。ヘタに計算なんかして数字で出したら失敗することもあるのよ。

内館　そういえば、大相撲の土俵は場所ごとに手で土を盛って造り替えるんです。それを造るのは呼び出しさんなんですが、力士にとって土俵は、ケガが少なくて一番力の発揮できる硬さでないといけない。それを手だけで造るんです。手のひらで触って、水分が足りなければ水を加え、数時間おいて、また手のひらで触ってというのを繰り返し、調整するんです。「最後は手と目です。機械ではだめです」と言ってました。それと似てますね。

ばぁば　経験の積み重ねから得た感覚なんでしょうね。私の場合、楽しみながらやるから、料理も続いている気がします。料理に限らず、何でも楽しみながらやってますよ。

内館　落ち込むこともありますか？

ばぁば　ありますよー。「あの料理の盛りつけは、よくなかったわ」とか、「何だかうまくできなかったわー」っていうときは、悔しいわね。

内館　イヤァ！　やっぱりばぁば、すごいです（笑）。人は年齢と共に、「悔しい」という言葉が出なくなるようですから。戦意が失せるんですね。

ばぁば　私は、悔しいと思ったら、次は何とかしようとしますよ。

内館　悔しさって、次へのバネになる、弾みになると思います。生きる戦意は、やはり食生活からくるのだと、今日はよくわかりました。

最後に、ばぁばからゆうゆう世代に、これだけは言っておきたいということを教えてください。

ばぁば　やはり、ちゃんとしたお食事を取ってくださいということかしら。食べることは生きることですから。昔ながらの日本の食事は、私たちの体や心に一番の栄養となるものです。ぜひ大事にして、次の世代にも伝えていただきたいと思います。

（２０１６年２月収録）

あとがき

本書にも書いた通り、私は岩手医科大学附属病院に計四か月入院したのだが、ここの病院食は本当においしかった。点滴や流動食を経て普通食になると、岩手産の新鮮な食材が並ぶ。それは「ああ、婆婆に帰ってきた」と感激させたほどである。

だが、塩分は一日何グラムだったか、厳しく管理されていた。醬油や塩、味噌などは婆婆のようには使えない。少しずつ回復してくると、塩気を欲するのだが、まだまだ医師の許可はおりない。

毎食のトレーには、料理と一緒に必ずメニュー表がのっていた。ある夕食時、食べる前にそれを見ると、「梅干し」と書いてあるではないか！　梅干しだ！　梅干しだ！

私はトレーを前に、叫びたいほど喜んだ。ところが、梅干しがどこにもない。トレーの隅々まで見ても、ない。看護師さんに訴えると、言われた。

「つけ忘れですね。梅干しのお皿がないですものね。すぐ届けてもらいますから」

ところが、「すぐ」と言ったのに届かない。たぶん、五分かそこらしかたっていないのだろうが、一時間も待っている気がする。ついに我慢し切れず、またナースコール。

「あのォ、梅干しが届かないんですぅ……」

「伝えましたから大丈夫ですよ。もう来ますよ」

ところが、「もう」と言ったのに届かない。またも五分かそこらだろうに、私は頭の中が梅干し一色で待ち切れない。ふっくらし、たっぷりしたお姿が浮かぶ。

「お待たせしました。届きましたよォ」

看護師さんが手にしていたのは、カリカリ小梅の大きさで、さらにそれを半分にしたものだった。ふっくらもたっぷりも夢と消えた……。が、ごはんにのせて大切に味わった。そして、頑張って早く本当の娑婆に出ようと思った。

病気をしてはならぬ。身にしみた。

そのためには、きちんとバランスよく食べることである。死線をさまよう大病に襲われ、これも身にしみた。

今、私はエンディングノートを書くよりレシピノートを書く方が、いい生き方なのではないかと思っている。

月刊『ゆうゆう』の連載時から、都会的で洒落た絵を描いてくださった橋本シャーンさんのすてきな表紙が嬉しい。本書のために描きおろしてくださったものである。

また、連載時からたくさんの刺激をくださった編集者の依田邦代さんに、心からお礼を申し上げたい。

平成三十年九月

東京・赤坂の仕事場にて　**内館牧子**

［文庫版特別企画］

対談②

土井善晴×内舘牧子

一汁一菜で感じる四季の味

Profile

どい・よしはる

1957年大阪府生まれ。芦屋大学教育学部卒業。
スイス、フランス、大阪で修業をし、
土井勝料理学校講師を経て
92年「おいしいもの研究所」を設立。
十文字学園女子大学特別招聘教授、甲子園大学客員教授、
東京大学先端科学技術研究センター客員研究員等を務める。
著書にベストセラーとなった
『一汁一菜でよいという提案』他多数。

目からうろこの一汁一菜の提案

内館　ぜひ一度、お話をうかがいたいと願っておりました。家庭料理に対する土井さんのお考えがレシピとか味付けとかではなく、食材そのものへの敬意から発している気がして目が覚めたんです。「一生懸命ゆでるというプロセスがあってこそ、おいしいものにたどり着ける」という言葉も茹(ゆ)でる食材への敬意だと思いました。私は還暦のときに大病をして、作って食べることがいかに大切か身にしみました。長い入院中、食べられなくて医師に「点滴で栄養を取りたい」と申し上げたら、「一本の点滴より一口のスプーンですよ」って。

土井　それが『牧子、還暦過ぎてチューボーに入る』にたどり着かれたわけですね。読ませていただきました。

内館　えーッ!! えーッ!! 読まれたんですか。やめてください、恥ずかしい〜（笑）。私はテレビドラマの脚本で鍛(きた)えられていますから、どうやったら読者を引っ張れるかって、まず構成を考えちゃうんです（笑）。

土井　それでですか、短い文章でもサービス精神を感じました。私も料理番組に二十年以上出演させてもらい、やっぱりテレビで鍛えられました。

内館　テレビってホントに鍛えてくれますよねぇ。

土井　楽しさがないと、いくら出来上がった料理がいいものでも意味がない（笑）。

内館　ご著書の『一汁一菜でよいという提案』（グラフィック社、のちに新潮文庫）は本当に衝撃でした。一汁一菜を一生懸命作ればいいんだ、と救われた方が多いと思います。

土井　一汁一菜というのは、日本料理の伝統であり、大本なんです。それを私たちは忘れてしまっている。だから、一汁一菜でいいという当たり前のことが、かえって新鮮なことになったんでしょうね。そうだ、内館さんに黒豆を炊いてお土産に持って来たんだった（と包みを差し出す）。

内館　オオーッ、「土井善晴の手作り」を食べる役得！（つまんで）おいしい。ふっくらしてシワひとつない……。どうしよう、止まらない（と食べ続ける）。

土井　父（土井勝）が作り出した、しわが寄っていない黒豆です。私はお正月がいちばん好きで、特に料理人は年末いっぱいまで仕事をするせいもあるのか、お餅をついて、黒豆などのおせちを作って、着物を着て、みんなで仕事を休んで新年を迎える。ハレの日ですよね。

内館　お正月とか、お祭りとか、お誕生日とか、かつては日常とは違う晴れがましい日がありました。その日だけはいい服を着て、ごちそうを食べて。

土井　今はハレの日が日常になり、いつも焼肉に大トロのすしみたいな（笑）。極端にいうとそういうことを好むような暮らし、食卓になりました。そうなると当然、味の濃いものが好まれる。でも日本の伝統的なものというのは、もっと心を楽しむものです。

内館　ハレの日だけに食べるお店の料理と、家で食べるものには厳然（げんぜん）と違いがありましたよね。今はお店の味を家でも再現で

●土井善晴さんの黒豆
土井さんがお土産にと作ってきてくださった黒豆。父・勝さんが編みだしたシワが寄らないでふっくらとした黒豆は、今も人気。釘（くぎ）を入れて煮（に）るのがコツ。

きるって、ネットでレシピを検索するのは品がないこと、というくらいの

土井　昔は外のものを家で食べたいというのは品がないこと、というくらいの慎ましさがありました。

内館　品がない……すごくよくわかります。

土井　以前、司馬遼太郎先生が近所に住んでいらして、あるとき奥様が「ホテルオークラの料理長・小野正吉先生が大阪にいらして、料理教室を開催されるから、行ってもいいか」と聞いたそうです。すると司馬先生、「行ってもいいけど習ったものはうちでは作らないって約束してや」とおっしゃったそうです。この話は父から聞いたのですが、家にそういう料理は場違いだという感覚があったんですね。

内館　私は病後、還暦を過ぎて料理を始めたんですが、「まごわやさしい」ではなく「まごにわやさしい」で肉を加えよと、多く言われました。一汁一菜ではたんぱく質はどのように摂ればいいんですか（と言いながらずっと一人で黒豆を食べ続けている）。

土井　日本人にとっての肉というのはもともとは油揚げであり、豆腐です。

食べることは生きることだと実感しています。

――内館

一汁一菜は日本料理の大本なんです。
その当たり前のことを私たちは忘れてしまいました。
――土井

内館　そうか……。

土井　私が家で作るときは油揚げをベーコンにしたり、鶏肉にしたりもしますし、お味噌汁にそういうたんぱく質を入れたらいいんです。

内館　豚汁もお味噌汁ですものね。つまり、何を入れてもいいんですね。

土井　元琴欧洲関（ことおうしゅう）にお会いした際、一汁一菜の話をしたら、ちゃんこ鍋は一汁一菜がベースだと。チャンコは「汁」で、あとはご飯があればいいとおっしゃっておられました。

内館　私も多くの相撲（すもう）部屋でチャンコをごちそうになりましたが、若い力士がなんでも豪快に鍋にぶち込んで（笑）。それがおいしいんです！　よくだしが出て栄養たっぷりで。

土井　そもそも日本の家庭料理にはメインディッシュという考え方はないんです。

内館　どういうことですか？

土井　ご飯と味噌汁にお漬け物があったら、本来はそれで完成です。ただ、その季節にサンマがあったら焼けばいいし、筍の時期なら炊けばいい。それは後からなんです。「まずメインディッシュ」という考え方はない。だから昔の日本料理の献立には素材しか書いていないんですよ。

内館 私、土井さんの『土を喰らう十二ヵ月の台所』（中江裕司との共著・二見書房）を拝読して、ふろふき大根とかなすの油味噌とか作ってみたい料理がたくさんありました。なのに、どれも分量が一切書いてなかった（笑）。素材のみ！　今まではスプーン何杯とか、味付けを第一に考えていたと思いました。

体に優しい旬のもの

内館 家庭料理で悩むのは、今は情報量が多過ぎて、油は良くないと言う一方、いや、使うべきだとか、肉食がいいとか、粗食がいいとか、白米はだめだ、いや、一番いいとかって、何を信じたらいいのかわからなくなります。

土井　昔の和食店には洗剤はありませんでした。

内館　え？　そうなんですか。日本の伝統食は油を使わなかったということですね。

土井　「一物全体」といって命のあるものを全部食べよという日常生活の知恵。反対にハレの日は、清らかないいとこだけを使って、きれいな姿に整える。それは人間が神様のために作る清酒、白米、おすまし……それって本来毎日食べるものではないんです。一方で不均一な歪み（ゆがみ）やお茶碗のシミまで美しいとするのが「侘び寂び（わびさび）」。ハレの日だけでなくケの日常にも、日本には二つのベクトルの美意識で暮らしを作ってきたのです。それを知るといつでもどこにでも美しいものを見つけられるんです。でも白米はずっと食べてきたんですから、大丈夫ですよ（笑）。

内館　ああ、よかった、私は白いご飯が大好きなんです。ご飯をおかずにご飯を食べられるくらい（笑）。

土井　戦後の日本は、栄養学を導入したんですよ。たんぱく質と脂肪のカロリーを世界レベルに上げよう、ということです。そして、昭和五十年（一九七五年）

に日本型の食生活が完成した、と喜びました。ところが、カロリー過多になり、今度はメタボや生活習慣病、アレルギーも増えてしまいました。

内館　となると今、私たちは何を指針にしたらいいのでしょう。

土井　それは自然。旬（しゅん）のものですよ。

内館　旬！

土井　栄養的にも優れているし、安くて経済的だし、地球を汚さないし、おいしいし、体にもいい。旬のものはいいことずくめです。

内館　一〇三歳まで活躍されていた料理家の飯田深雪（みゆき）さんですが、一〇一歳の晩年にお会いしたことがあります。すごくおしゃれでお綺麗（きれい）で、筋道を立ててお話しになって圧倒されました。その時、「何を食べたらそんな一〇一歳になれるのでしょう」とうかがうと笑って、「私は旬のもの以外はいただかない」とおっしゃっていたことを思い出しました。

野菜の顔を見て買い物を

土井　自然の中には、情報に左右されない揺るぎないものがあります。

内館　食材ははしり、旬、なごりと揺るぎないですよね。基本の一汁一菜に、季節にあるものを足せばいいんですね。

土井　そうです。スーパーに行って、旬のおいしそうななすがあったらお醤油をかければいい。この季節なら、もうすぐはしりの芽のものが出てきます。

内館　何を作るか決めて、メモしてスーパーに行くのではなく、スーパーで食材を見てからメニューを考えるということでしょうか？

土井　野菜の顔を見てきれいだなおいしそうだな、というのを買ってそれを料理すればいい。旬のものはそういう顔をして売り場にたくさん出ています。それは塩を振っただけでおいしいし、かつお節だけでもおいしかったりします。むしろ手をかけるとみんなだしの味になっちゃいますよ。

内館　私も必要なものだけを買ったら帰りますから、売り場に自然があるなんて気がつきません。

土井　私はよく多摩川を散歩してよもぎを摘んだり、つくしを摘んだりします。それをサッと茹でて小皿に盛っただけで花を生けている以上の意味がある気がする。お醤油を垂らしておひたしにすれば、山に住まなくても自然の移ろいはもちろん、心豊かな幸せを感じます。都会のスーパーにも季節のものが並ぶのに、見ていないだけなんですね。

内館　私はベランダでハーブや大葉を育てていますが、条件のよくない都心でも力強く育っておいしいんです。それと地方に行くと道の駅で野菜を買って、大きなカートに詰め込んできます。

土井　私もです（笑）。やっぱり採れたてはおいしい。東京に運ばれてきたものは鮮度が落ちているのに値段は高くなってますからね。

内館　入院して「食べることは生きることだ」と実感しました。医師の言葉通りに「一口のスプーン」を頑張ったら、体に力がついてくるんですね。そうすると食欲も少しずつ戻ってきます。

土井　体は正直ですし、心も関係していて、心が病んでいると、おいしさを楽しめなくなるようです。

内館　お話をうかがっていると、素材をよく見て丁寧に扱わねばとつくづく感じます。そのためのベースが一汁一菜なんですね。

土井　「伝統に聞け」、「自然に聞け」と言うことです。そうしたら何を食べるか教えてくれます。今、日本人はハイカラなもの、贅沢なものに覆われているようですが、芯のところには日本的なものが残っているんです。覆っているものをちょっとどけたら、芯が出てくる。それが一汁一菜だと思います。

「伝統に聞け」、
「自然に聞け」、
そうしたら何を食べるか
教えてくれます。
——土井

一汁一菜に
季節にあるものを
足せばいいんですね。

——内館

内館　今日のお話は、読者も喜ばれると思います。ありがとうございました。黒豆、全部食べてしまった……(笑)。

(2022年11月収録)

撮影=富本真之　取材・文=石井美佐
料理再現=大越郷子(p287-288)
ヘア&メイク=立木亜美(内館さん)
撮影協力=鳳明館台町別館

牧子レシピ①

●ミニトマトの炊き込みご飯

赤だけでなく、黄色やオレンジのミニトマトをだしで炊き込みご飯にする。土鍋で炊くと、ふたを開けたときに色とりどりのトマトが水玉になってかわいらしい。作り方は本書68ページ参照。

●わらびと豆腐の卵とじ

秋田県の郷土料理に詳しい真崎正子さんの著書『地域で受け継いでいきたい伝統の味』からの一品。わらびと豆腐を卵でとじるだけなのに、ご飯によく合いボリュームがある。作り方は本書193ページ参照。

牧子レシピ②

●親子丼

どことなく昭和の母の香りが漂う（ただよ）親子丼は、ちくわやなるとがかさ増し（ま）食材として入っている。どこか懐かしさを感じさせる味。作り方は本書182ページ参照。

●山椒味噌

ベランダで育てている山椒。新芽の季節になったら、葉をすり鉢（ばち）ですって、味噌やみりん、酒を加えて弱火で練る（ね）。好みでいろいろなものにかけて山菜の風味を楽しむ。作り方は本書193ページ参照。

文庫版あとがき

これは衝撃的だった。本当に「えッ?!」と思った。

料理研究家の飯田深雪さん、鈴木登紀子さん、土井善晴さんが、私の質問に対してまったく同じ回答をされたのである。いずれも私との対談の席だった。

飯田さんとお会いしたのは二〇〇四年。鈴木さんとは二〇一六年、土井さんとは二〇二二年である。この間、十八年が経っており、社会も生活環境も、また人間の気持ちも大きく変化していたと思う。

私にはどうしてもうかがいたいことがあった。「食べることは生きること」と言われる。それならば、

「食べる上で、一番大切なことは何か。一番注意しなければならないことは何か」

を知りたかった。

たとえば、「一人で食べず、みんなで楽しく食べることが大切」「栄養素を上手に取り入れ、バランスのいい食事を」などという注意はよく聞く。とは言え、家族のいな

い人もいる。また「バランスよく」は、言葉が明瞭なのに意味は不明瞭。多種多様な情報の中で、何をどう食べればバランスがいいのか。私のような素人(しろうと)には、何ら具体性がない。

ところが、三人の料理界の重鎮(じゅうちん)はそろって断言された。食べる上で最も大切なのは、「旬(しゅん)」であると。

十八年経っていようと、社会がどう変わろうと、本当に本当に大切なことは「旬の食材を選び、料理する」。これなのだ。旬のものが人間を健康に、強くする。旬のものをおいしく食べることを第一に考える。何と明快で説得力のある回答だろう!

鈴木さんとの対談は、本著の二五〇ページに出ているが、私は

「最近は何でも一年中あるので旬がわかりにくいですけど……」

と質問している。その答えは、思わず笑ってしまったほどわかりやすかった。

「お店で、山盛りになって安く売っているものが旬よ」

鈴木さんは対談後の二〇二〇年に九十六歳で亡くなられたが、小さい頃から旬が食卓に並んでいたそうだ。あの見事に凛(りん)とした佇(たたず)まいを思い出す。

飯田さんとお会いしたのは、それより十二年前。一〇一歳を迎える春だった(対談

集『おしゃれに。女』潮出版社）。

紫色のエレガントなスーツ姿がすてきで、話題は政治経済から食生活まで、何でも即座に対応される。こんな一〇一歳になるにはどうしたらいいのか……と思うばかり。すると、注意していることとして、ハッキリとおっしゃった。

「季節のものでないものは食べない」

さらに、私の目を見て続けられた。

「このごろは冬でも茄子が出てますからね。でも茄子はせいぜい十一月ぐらいまでにします。ほうれん草だって何だって、その季節に食べるのと、それ以外では栄養価が全然違うんです」

そう言えば、昭和時代の八百屋には、その季節にしか採れない露地物の野菜や果物が、ふんだんに並んでいた。それらはどれも、現在のように品種改良されておらず、マイルドな味とはほど遠かった。

ごぼうは土臭く、ほうれん草やにんじんはえぐみが強く、子供ばかりか大人でも嫌う人は多かった。みかんもいちごも小粒で酸っぱかったし、りんごは硬くて皮が厚かった。

もしかしたら、あれこそが「旬」の原種だったかもしれない。太陽も雨風も露地で受け、その季節にのみ実を結ぶ。野性的で食べにくかったが、各季節を耐え、ついに自分の季節が来て実を結ぶ。その力が人間を丈夫にしたことは疑いようもあるまい。

飯田さんも対談の三年後、一〇三歳で亡くなられたが、旬を食べることを貫き通されたと、後に料理教室関係者からうかがった。

そして昨年、私は土井さんとお会いしたいと熱望した。すると、映画(『土を喰らう十二ヵ月』)の料理監修で多忙な最中でありながら、この文庫のために時間を取ってくださった。二七〇ページからをお読みいただきたいが、食への情報などが多すぎる今、私は「何を指針にしたらいいのでしょう」と質問した。

すると即座におっしゃった。

「それは自然。旬のものですよ」

年代の違う三人のトップ料理研究家が、スパッと「旬」と答えたのだ。

「自然の中には、情報に左右されない揺るぎないものがあります」

との言葉通り、野菜、果物だけではなく、魚貝、海藻など海産物にも「はしり」「旬」「なごり」がある。自然のなすがままに変化していく。

「旬」については、面白い見分け方を教わった。

「野菜の顔を見てきれいだな、おいしそうだなというものを買って料理すればいい。旬のものはそういう顔をして売り場にたくさん出ています」

そうか……。私たちは野菜でも果物でも一年中出ていることに慣れ、「そういう顔をして売り場にたくさん出ている」なんて考えたこともないのではないか。

「（旬のものは）栄養的にも優れているし、安くて経済的だし、地球を汚さないし、おいしいし、体にもいい。旬のものはいいことずくめです」

土井さんは家庭料理は「一汁一菜」でよいとし、「具だくさんの味噌汁」を提唱されている。肉や魚、野菜などをふんだんに使った味噌汁である。

この原稿を書いている今はまだ一月なので、私は旬の冬野菜の顔をみて買おうと、スーパーに行った。鈴木さんのおっしゃる通り、春菊も里芋も山盛りになっている。野菜が高い昨今だが、他と比べると安い。白菜もレンコンも「そういう顔」をしていたので、すぐに買った。

実は今、ハマっている具だくさんの味噌汁がある。秋田県の地方紙「秋田魁新報」に出ていたレシピに、自分流の工夫を加えた具だくさんの味噌汁。これは寒い季節にぴったりだが、夏以外は年間を通しておいしい。ぜひ旬の野菜で試していただきたい。押しつけ「牧子レシピ」である。

〈豚肉とにんにくの味噌汁〉

材料は何でも旬の野菜を。私は冬なら里芋、長ねぎ、白菜は必須。あとは何でもドンドン入れる。

・作り方

❶鍋に鶏がらスープ、味噌、みりん、ゴマ油、薄切りにんにくを入れて熱する。

❷煮立ったら、硬い野菜から入れ、その後で豚肉を入れる。

❸火が通ったら、長ねぎなど葉もの野菜を入れる。

❹煮えたら、市販のキムチを入れて完成。

土井さんとの対談で、昔の日本料理は分量など書いていなかったと教わった。私は単に「テキトー」なのだが、それを金科玉条（きんかぎょくじょう）にしよう！　ああ、古稀（こき）を過ぎてもチューボーは楽しい。

令和五年一月

東京・赤坂の仕事場にて　**内館牧子**

本書は月刊『ゆうゆう』（主婦の友社）二〇一六年一月号から一八年八月号の連載を再編集し同社より単行本化（一八年十一月刊）されたものを文庫化したものです。二七〇頁からの対談は、月刊『パンプキン』（小社刊）二〇二三年二月号に掲載されたものを収録しました。本書の記載事項は雑誌掲載当時のものです。

内館 牧子（うちだて・まきこ）
1948年秋田県生まれ。武蔵野美術大学造形学部卒業。三菱重工業に入社後、13年半のOL生活を経て、88年に脚本家デビュー。テレビドラマの脚本にNHKでは大河ドラマ『毛利元就』連続テレビ小説『ひらり』『私の青空』、民放では『都合のいい女』『白虎隊』『塀の中の中学校』『小さな神たちの祭り』など多数。93年『ひらり』で橋田賞大賞、2011年『塀の中の中学校』でモンテカルロ・テレビ祭にて最優秀作品賞など三冠を獲得。21年『小さな神たちの祭り』でアジアテレビジョンアワード最優秀作品賞受賞。大の好角家としても知られ、00年9月より女性初の横綱審議委員会審議委員に就任し、10年1月任期満了により同委員退任。06年東北大学大学院文学研究科で、修士論文「大相撲の宗教学的考察—土俵という聖域」で修士号取得。05年より同大学相撲部監督に就任し、現在総監督。著書に『義務と演技』『エイジハラスメント』『終わった人』『すぐ死ぬんだから』『今度生まれたら』『老害の人』『小さな神たちの祭り』『大相撲の不思議』（小社刊）など多数。

牧子、還暦過ぎてチューボーに入る

潮文庫　う－2

2023年　3月20日　初版発行

著　者　内館 牧子
発行者　南　晋三
発行所　株式会社潮出版社
〒102-8110
東京都千代田区一番町6　一番町SQUARE
電　話　03-3230-0781（編集）
03-3230-0741（営業）
振替口座　00150-5-61090
印刷・製本　精文堂印刷株式会社
デザイン　多田和博

ISBN978-4-267-02387-3 C0195
